好的人生，要慢慢来

齐心 著

金城出版社
GOLD WALL PRESS
·北京·

图书在版编目（CIP）数据

好的人生，要慢慢来 / 齐心著 .—北京：金城出版社有限公司，2020.8
ISBN 978-7-5155-1579-3

Ⅰ. ①好… Ⅱ. ①齐… Ⅲ. ①散文集－中国－当代
Ⅳ. ① I267

中国版本图书馆CIP数据核字（2020）第003932号

好的人生，要慢慢来

作　　者　齐　心
责任编辑　丁洪涛
责任校对　王秋月
责任印制　李仕杰
开　　本　880 毫米 ×1230 毫米　1/32
印　　张　8.5
字　　数　120 千字
版　　次　2020 年 8 月第 1 版
印　　次　2020 年 8 月第 1 次印刷
印　　刷　天津旭丰源印刷有限公司
书　　号　ISBN 978-7-5155-1579-3
定　　价　45.00 元

出版发行　**金城出版社有限公司**　北京市朝阳区利泽东二路 3 号
邮编：100102
发 行 部　(010) 84254364
编 辑 部　(010) 84250838
交流邮箱　dinghongtaobooks@126.com
总 编 室　(010) 64228516
网　　址　http://www.jccb.com.cn
电子邮箱　jinchengchuban@163.com
法律顾问　北京市安理律师事务所（电话）18911105819

·自序·

慢下来的小快乐

嗨，你过得好吗？

这是我写给你的第一封信，但已经不知道是我写的第多少封信了。

我喜欢写信，给身边的人，也给远方的人，给认识的人，也给不认识的人。你要问我会在信里都讲些什么，我想也没什么太多重要的事，比如我在路边看到的一朵花，不经意间抬头望到的云，耳机里突然跳转的动听音乐，迎面走来的穿着美丽衣裙的女孩……这些在别人看来多是无关紧要的事，我都会一一写在信里。

是的，好像我的人生从来没有发生过什么大的事情，都是些细小的、轻微的，羽毛一样，落雪似的，可就是这样的小事情，一天又一天，一件又一件，却让我爱到不行。

不是没有急躁过、焦虑过、犹疑过，生活在这个时代，没有脱离，也无融入，只选择默默地做自己，然后去做自己喜欢的事。

比如——

谁还会去写手写信？

我自己喜欢写就好了。

我自己喜欢写就好了，写字亦是。我不管会不会10万+，会不会爆款，我只管写下去，没有什么惊天动地的大事，就写爱与平常，溪水长流般地写，它遇到草抚摸一下，遇到花滋润一下，遇到懂的人在心里待那么一下。然后等待时机成一本书，不急不躁，该来的自然会来。

如今，该来的已来，而你会是那个懂的人吗？

如果可以，我想在你的心里待那么一下。如果你是一个热爱生活的人，我庆幸自己找到了同类；如果你觉得生活亏欠了你，我欣慰遇到了可以帮助的人。我在这本书里写了很多封信，别急，耐心一些，一封封，慢慢去读。我知道你很忙，无须回信给我，你只需每读完一封信，去写一封信给自己，可以简短，但一定要真挚，要舍得去为看似无意义却具有价值的事情花时间。

它可能不会为我们带来金钱，也完全不会为我们带来声望，可是我们因它而快乐就很好啊！

除了写手写信，我平时还有一个习惯，可以说是每天必做的事，那便是写“快乐日记”。

我的快乐日记的小本子封面上写着：真正的幸福，不是惊天动地的事，而是懂得发现生命中的小美好，过自己想要的生活。

如果写信是写自己，那快乐日记便是自己看，所以写得密密麻麻，一条条列下去，从新年第一天一直列到一年的最后一天，真的如封面所言，我所记取的都是些在别人看来非常微不足道的事情，但我自己明了那是我想要的生活，且每次翻看都禁不住嘴角上翘。

一向记忆力不好，日子过着过着就忘记了很多事，我将这些小快乐记录下来，翻看本子一一回想着，就会觉得这一年都是快乐的。那么，每年都如此，便是一生都是快乐的。

直到告别这个世界的一天，我想我会由衷地道出一句：我把活着喜欢过了。

我精心挑选了 100 条快乐日记附在信后赠给你，与其说是 100 条快乐日记，不如说是 100 日慢生活。请你像读远方友人的书信一样去读它，相信心情会慢慢平静下来。这不是我文字的力量，而是生活的力量。

当然，去写它、去记录它，我说的不是别的，是你的生活，像我一样，一笔一本，一天一条快乐，一年就会有三百多个快乐。一天那么长，何止一个快乐？一年那么长，何止三百多个快乐？

你看，于我而言，此刻，我就是快乐的，因为你正在读我写给你的信。而你如果写信给别人，或写今天的快乐日记，能不能写：

从此刻开始慢下来，是我今日份的小快乐……

齐心

有你，不惧半生蹉跎，不惧鬓间花白，这是岁月奖赏，时光的回答。

有你，余生心安。

我一直怀恋那个小岛。

每次在庸常的日子里想起那一幕，我的心都会为之柔软一下。

甜着，尽管地去感受甜，珍惜甜；

苦着，尽管地去克服苦，化解苦。

不管你在世界的哪个角落，都要快乐幸福，

也要爱每一天的开心和生出的期待。

CONTENTS

目录

Chapter 1

慢慢来，慢慢过

Chapter 2

美好的事物，看一遍，爱一遍

Chapter 3

凡珍贵的，都值得

Chapter 4

寻常日子里的光

Chapter 1

慢慢来，慢慢过

慢慢来，就像花开，是慢慢地开；
雪落，是慢慢地落；
而这些字，也是一个个地读；
日子，更是一天天地过。
不着急，要耐心等待，
该来的最终都会来到。

跑着跑着天就亮了

不知怎么，最近身边很多人过得都不太如意。

前阵子公司开全体会，我发言，说起看过的一个公众号，正文写的什么已经记不清楚了，但对评论的首条印象深刻，评论大意是，早上起床晨跑，天很冷很暗，但跑着跑着天就亮了。

评论里简短的一句话，点赞最多，很多人说喜欢这句：跑着跑着天就亮了。

我也喜欢，所以在发言中特意提到这句，跑着跑着天就亮了，跑着跑着冬天就过去了春天就来了。

多少人都曾经经历过或正在经历着人生中的至暗时刻。曾经经历过的人，一定是走了出来，你若问他当时经历了什么或如何走出来的，他一定会是像讲述别人的故事一样娓娓道来，或者干脆笑一笑，只说一句“其实现在想想当时也没有什么”。

难过的是正在经历着至暗时刻的人，一边自我怀疑，一边继续打气，打气，给别人，也给自己。给别人，是让别人相信自己，装也要装出来，不笑也要挤出笑；给自己，谁倒自己也不能倒，立着就能走，走了就能跑，跑着跑着天就亮了。

庆山微博有一条：人生会有一些阶段，像在一条深不可测的黑暗隧道里，见不到人，也没有光，只能沉住气、直直地往前走，不停下来，也不问。等待与坚定，都是增强力量的修行。很多人在下面回复：

@洛梵ice：是的，我现在就处于这个黑暗隧道，见不得人、光，像黑暗角落里的尘埃，在静静努力，等风的到来！

@呆瓜松茸：同在，尘埃一朵，只想隐匿。

@池棠：我在努力往前走，亦在观赏道路两旁的花朵。

@跌倒了爬起后哭：王菲有一句歌词“有段时间在黑暗中张望，也曾经在钻石上熠熠发亮”。

@snhreo：今年是最最开心的一年也是最最痛苦的一年。突然间所有光和人都消失不见，一个人在黑暗里嘶吼痛苦，没有任何回应。成年人就是即使在黑暗隧道里，也要抱抱自己继续走下去，等待下一次光芒的照耀。

@亲爱的Lynn姐姐：有的时候，人生运行到了黑洞边缘，星座运势里所有的好运与你无关，他乡的初雪与你无关，身边的冬日暖阳与你无关，就像卖火柴的小女孩，玻璃窗里的节日气氛，是另一个世界。人间值得，却与你无关。

……

一条条看过去，好像是看到了一个个躲在暗处抱膝哭泣的小孩，如果可以，真想一个个去拥抱他们，告诉他们，别怕，别急，黑暗隧道再长，都会有尽头的，天会亮的，也会有光的。

谁都活得不容易。

和一个尊敬的长辈吃饭，长辈一辈子顺风顺水，却老了老了又遇女儿离婚一事，如果好聚好散也行，糟心的是对方死缠烂打闹得满城风雨。

此生只女儿一个孩子，爱孩子胜过爱自己，愿意用自己的所有换来女儿幸福的人，遇此事亦算人生不幸，如果说每个人的人生都有过一段至暗时刻，他认为唯这段便是了。

他要什么有什么，但没有女儿的笑容，他感觉到暗无天日，上了年纪的身体本就容易说垮就垮，离婚的官司一次又一次，他拖着无力的双腿请人吃饭喝酒，以前他处处受人尊敬，喝酒从来都是别人敬他，这一次他敬被请的人，一杯又一杯，喝到失去记忆，离席后他哭着说：我不能垮，我垮了女儿怎么办……

这次吃饭，已是离婚手续办完告一段落之后，聊起此事，他说：总算走了过来，至于女儿，这些挫折也是她成长中的一部分，吃点苦没什么，人生的苦啊，不是在这儿，就是在那儿。

顺风顺水年长的人已如此，更不必说十几岁的少年，被老师误解或批评，已觉深陷泥淖，看不到光。

一心考研的人也是，主动屏蔽外界喧嚣，甚至亲朋，考研是一，主要是争口气，考上是光，备考的过程是漫长的黑暗隧道，也不知道选择得对不对，不去管，也不去问，既然定下了这个目标，只管走下去，尽头终有光。即便没有光，拐个弯也有看到光的可能。

创业的人更是，外人看着光鲜，下喊老板，外呼老总，只有自己知道不是一条道走到黑，就是走着走着就成了死胡同，不能放弃，咬牙坚持，至暗时刻都不算什么，是悬崖也要跳，是深渊也要跳，谁让自己当初选择这条路呢。

……

幼童没跌倒过，学不会走路；成人没跌倒过，学不会奔跑。怎么走？如何跑？只管向前就是了。暗着也没事，只要动起来，总好过原地踏步扼腕叹息，隧道再长，终有尽头，天总会亮起来，也总会看到光。

写 信 给 自 己

亲爱的你：

你有没有晨跑的习惯？

你是自带光芒的人吗？

你身边有光的人是谁？

成长的路上
总有些大雾迷漫

常常收到读者有关“迷茫”的留言，中学生因为“学习压力太大”迷茫，大学生因为“原来大学是这样的”迷茫，刚毕业的人因为“不知道什么样的工作更适合自己”迷茫……

事实上，是人都有迷茫的时候。迷茫其实是件好事，证明你去思考了，想改变了，只不过是暂时还没有找到自认为对的途径。

怕的是连迷茫都不会迷茫。

有一远方亲戚叫小莉，高考考了二百多分，在我居住的城市上“大学”。

冬至，小莉来我家过节，一整天不说一句话，除了拿着手机打游戏就是刷朋友圈。我里里外外地忙着又要带幼儿又要包饺子，她只自顾自地头也不抬地盯着手机。

我让她出来帮忙包饺子，问她有没有继续考本科的打算。她说没有。我说你学的是机电化，有没有想过明年毕业了准备做什么。她说没有。我说有没有再想过学点其他的以备以后所需。她说没有。我说你今年多大了，她终于不说没有，说出一个数字：20。

同时在场的我爸说：还小着呢。

后来我爸在厨房小声提醒我：别说她那么多，你忘了你表弟的事了吗?

我想起当初我表弟大学毕业，来到我和哥居住的城市，彼时我和哥也都毕业不久，挤住在一起，都还未站稳脚跟儿。

表弟来找工作，以为我和哥可以呼风唤雨，住着不走。不走不说，还带着女朋友，卿卿我我，旁若无人。

我哥对表弟讲道理，诸如男人要先立业之类的话，后又说：你是来找工作的，还是来谈恋爱的?

不曾想一句话得罪了表弟，他赌气离开，一句话也未留，自此杳无音信。虽几年后春节走亲戚时遇到也彼此寒暄几句，看上去像是冰释前嫌了，但自此再有小辈来寻，可以吃可以住，能帮就帮，不能帮也不硬帮，记在心里的是：少说，尽量不说。

我原本还想要说：20岁，也不小了呢，马上就要面临毕业找工作了……想想还是就此打住吧。

我20岁时，总想着毕业了找什么样的工作做什么样的事，所以在学校所有的努力都是为了找工作那一天做着准备，想着最好不要靠别人，不要成为别人的负担，也不能让父母为此操这份心，即便父母操碎了心也帮不上什么忙，唯有靠自己。

算了，那都是多久以前的事了？三岁一个代沟，更何况隔这么多代沟，时代不一样，20岁的想法也都不一样。

可哪怕是 2020 年了，总有些 20 岁是知道想要什么，尽管开始是迷茫的。

听过一个女孩子的故事，高考失利，20 岁，上了一所不怎么样的大学，学的专业也完全不是自己喜欢的，不是没有难过，但很快大学花不完的时间用不完的精力替代了难过，连迷茫她都认为是充满活力的迷茫，没有人规划过未来，也不去想毕业后要怎么样，每天用大把大把的时间浑浑噩噩。

直到有一天遇到了一个老师，老师本也无心，只是看学生们在课堂上几无状态，说，既然大家不想听，也没什么目标，就看电影吧。

看的电影是《阿甘正传》。电影里，珍妮问阿甘将来要成为什么样的人，阿甘愣了一下，说：我不是做我自己吗？珍妮说她想成为一个歌手，成名。阿甘还是不懂，说他只想成为他自己。

她被这个场面深深打动，虽然阿甘看上去像个傻子，但他明白自己真正需要的是什么。她开始思考自己真正需要的是什么，她如何成为她自己，并积极去付出行动。

也正是这部电影改变了她的人生，她找到了自己的喜好是看电影，不知道这个爱好会给自己的以后带来什么，只知道从此不再迷茫，因为她把所有迷茫的时间都用来看电影了。后来，她不但持续地看电影，还持续地写影评，一直到她毕业，找的工作也是和影视有关的，做的都是她自己喜欢的事。

并不是人人都是 20 岁。昨天和一朋友聊天，我讲到这个女孩，朋友说：20 岁迷茫时，当然有机会找到方向，我又不是 20 岁，可我真的天天觉得不是时间一晃就过去了，就是觉得很浮躁，也没有闲着，但又没做什么有成就的事，很是迷茫。

我恰好看到冯唐解读曾国藩的书，曾国藩说：心欲其定，气欲其定，神欲其定，体欲其定。

针对此句，冯唐的解读是：一言以蔽之：安定，莫浮躁，莫东张西望。心浮、气浮、神浮、体浮的时候，别玩手机了，别打电子游戏了，躲进图书馆、健身房、山林或者墓地，这些能帮你定定。

我把这段话发给了朋友，同时也想发给小莉，虽然她没有浮躁，也不迷茫，但最起码她别玩手机了别打游戏了，把时间用来减减肥提升对美的认知力也行啊。再年轻的女孩子，150 多斤也不那么美啊！更何况马上毕业要找工作了，没有才华时，还是需要靠颜值来支撑的。

但最后我并未按发送键，成长的路上总有些大雾迷漫，有的人靠别人的指点拨开迷雾，有的人却是要么坐等晴朗，要么独自穿过迷雾，只不过多走一些弯路罢了。

写信给自己

亲爱的你：

你还记得刚毕业时的遭遇吗？

你 20 岁时也有迷茫过吗？

你是如何穿过这些成长迷雾的？

慢慢来，慢慢过

小女孩坐在我身旁，粉嘟嘟的小脸蛋，甚是可爱。我问她年龄，她妈妈说，两岁八个月。细看她妈妈，妆容精致，长发飘飘。宴请的人介绍她，舞蹈老师。果然气质非凡。

一桌的人，吃得热闹，近乎忘记小女孩的存在。她实在安静得很，坐在宝宝椅上一副小大人模样，该吃时就吃，该喝时就喝，淡定从容。我向她妈妈请教，答复是：从小就这样，我告诉她，不论在家在外，大人讲话时小孩子只听着，不能插嘴。

大人话多，吃得慢，小女孩吃完坐着不动，用手机看双语动画。网慢，她未语，她妈妈已说：不着急，要耐心等待。一遍又一遍。小女孩果然不急，无论周遭如何嘈杂，她一直安静地坐着做自己的事。

大人们说，这就是家教。

或许是我坐得近，“不着急，要耐心等待”，这句话从耳朵走进心，让我常想起美丽的妈妈俯身对女儿轻声说出这句话的画面，甚是温柔。

我们太多成年人往往不及两岁多幼童，遇事急到不行，发脾气，说刻薄的话，伤害他人。

路怒症大有人在，走着骂着，恨不能全世界的人都不存在，马路专开给他自己的。绿灯刚亮，见前面车不走，便鸣笛催促。

急脾气家长更多，孩子成绩差，急；孩子成绩好了退步了，急；别人家的孩子比自家孩子优秀了，急；孩子早恋了，急；孩子二十好几了没对象，急；孩子结了婚不要孩子，急；孩子不生二胎，急。

年轻人也急，没有找到理想的工作，急；没有存到足够的积蓄，急；更急的是，等了又等，盼了又盼，另一半迟迟不来。

不说远，只说我爸，一辈子的急脾气，一点小事就着急，多数时候电话里都是火急火燎的，好像有什么特别紧急的事。

其实，有什么要紧的事呢？早十分钟，晚五分钟，又如何呢？又不是赶飞机。

如今真正赶时间的，除了赶飞机赶火车的，还有外卖小哥。在外卖小哥那里，真正诠释了“时间就是金钱”。路上，他们急着赶路，不看灯，不看车；电梯里，他们急着挤电梯，不排队，不等人。

他们之所以如此着急，除了与自身业绩有关，还不是因为大多数订外卖的人没有学会：不着急，要耐心等待。

但凡我订外卖，会在备注栏里写：不放辣，谢谢，不急，路上注意安全。

不急，并不代表不能准时送达，事实上，每次都是提前送到。有次我接过餐之后，外卖小哥说：谢谢你。我不知道是不是因了我备注里的字，也或许他着急地送完这一份还要送那一份，根本没细看我在备注里留下的小字吧。

不急的时候慢慢来，急的时候不使用恶毒的语言。

昨天早上上班，我在路口等红灯，看到一女子拎了早餐急匆匆问询路边的摩的。摩的师傅说，15 元。女子转身，气愤地说：刚人家要 10 元，你要 15 元，好意思吗？你还要点脸不？

我有种想要拉她来和摩的师傅道歉的冲动，你嫌贵不坐便罢了，何必出口伤人。若衣食无忧，谁大冷的天愿意守在马路口跑摩的？再说，摩的师傅多是上了年纪，人家也是有儿有女有老伴疼的，何必轮到你来说难听话？

不着急，要有耐心，大多数人都学不会，对外人还好，对自己人就不行。上次在火车站出站口，看到一漂亮女子正打电话，估计是接站的男友没有及时赶到，她急到不行，快要动粗口，声音大到正出站的人纷纷看向她，这一看一听，也不觉得她美了。

“我坐在斜阳浅照的石阶上，望着这个眼睛清亮的小孩专心地做一件事：是的，我愿意等上一辈子的时间，让他从从容容地把这个蝴蝶结扎好，用他五岁的手指。孩子，你慢慢来，慢慢来。”

孩子，你慢慢来，像用五岁的手指扎蝴蝶结的速度，慢慢地成长。

老师，你慢慢来，讲课时语速放慢点，让理解能力有限的孩子也能听得懂。

家长，你慢慢来，不急，不躁，不怨，不忧，陪伴是一生都要学习的功课。

所有人，慢慢来，就像花开，是慢慢地开；雪落，是慢慢地落；而这些字，也是一个个地读；日子，更是一天天地过。不着急，要耐心等待，该来的最终都会来到。

写 信 给 自 己

亲爱的你：

你是个急性子的人吗？

你最近为什么事着急过？

你是如何管理自己情绪的？

挺过去就好了

快要高考的女孩子私信我：怎么办？眼看就要高考了，可总觉得自己快熬不下去了。

真心替她着急，好比跑一场马拉松，眼看就要到了终点，最后冲刺的时候，却说撑不住熬不下去了，这意味着前面所付出的努力将全部前功尽弃。

我问她为什么会有这种感觉。她说，很累，很怕，很茫然，又想早点结束，又害怕结束。

归根结底，还是认为自己没有准备好，怕失败，怕失败的那一刻真的来到无法面对。我说，先拼尽全力，才能看到奇迹。

不如把用来患得患失的时间花在最后的冲刺上，为抵达终点拼尽全力，把“熬”这个字换成“拼”字，状态就完全不一样了。

说起状态，一小同事提出辞职，理由是觉得最近自己状态不太对。

我追问，她说：以前每天早上一想起上班就很开心，内心充满希望，但最近每天一想起上班都很丧，非常泄气。

凡职场中人，谁又没有过呢？挺过那一段，就好了。我劝慰她。

她说，不是挺，是熬，熬这个字常用的组词是煎熬。

有一个朋友，前不久生了场大病，以为要死了，每天生理和心理都倍受煎熬，在医院的半个月，几乎每天都是目光呆滞地看着窗外，恨自己无力推窗，不然定一跃而下，所有痛苦都将随之消解。

她说，天被一点点熬亮的感觉，一辈子都不想再经历。

人生长着的，她也只是度过了小半生，如今尚在康复中的她至少食之有味了，她认为那应该是她人生中经历的最痛苦的事了，还好终于熬了过来，觉得以后所有的事儿都不是什么事儿了。

人生没有希望，但并不包含绝望。多少人在觉得熬不下去时，错把希望当绝望。即便真的是绝望，也并不是绝路啊！

对工作失去希望了，可以换份工作。身体出现了问题，可以看病求医。如果当下就认为熬不下去了，是因为我们还没见识过更大的人生难题。

知乎上有关于“你最苦的时候是怎么熬过来的”问题，小小年纪毁容的、因家人车祸自己在医院九个多月打地铺的、花季女孩被强暴的、长期遭校园霸凌的、相恋多年的女友突患白血病的……一个个，何止是苦，是惨啊！但就像他们说的那样，除了面对，除了往前走，除了坚持下去，还有其他什么选择和退路吗？

总有些人比我们以为的要坚强。熬不下去时，除了把熬换成拼，还有“扛”。有句话叫：扛得住，世界就是你的。要坚强！要坚持！要扛得住！

我把这句话送给了私信我的那个即将要参加高考的女孩子，要加油啊！在最不能放弃的时候，请全力以赴。

写信给自己

亲爱的你：

你有觉得快熬不下去的时候吗？

你是怎么熬过来的？

如果你正处于苦熬之中，你准备怎么做？

把不敢变勇敢

很多人心有恐惧，比如——怕老鼠？怕蛇？怕开车？怕晕船？怕走夜路……

其实，渐渐地你就会知道，这些所谓的怕根本一点儿都不可怕。在城里，老鼠少有，蛇几乎绝迹，怕开车可以不开，怕晕船可以不坐，怕走夜路可以不在夜晚出门。

我曾听到一朋友说过，害怕见那个没追上的女生，挫败感满满，越见越受伤，虽然聊天欢声笑语，但内心有满满的不甘。

朋友刚刚订婚，随着家庭生活在心里所占据的位置越来越重要，那个没追上的女生会让他觉得越来越不重要。不重要的人，才不会对她心有所惧。

有个大学女神教师，在一次演讲里，开头就说：这世界上我最害怕两样东西，第一，我害怕我有一天，不爱这个世界了，我不爱生活了，我害怕我丧失爱的能力了，我第二个最害怕的是，我害怕我灵感枯竭了。

是不是挺可怕的一件事?

不怕，她在演讲中给出了答案：保持好奇心，只有当你热爱生活，生活才有可能真正热爱你。

看上去挺开朗的同事说，害怕跟亲戚邻居还有很多不熟悉的人打招呼、闲聊，害怕莫名其妙毫无诚意的交际。

原来并不是她真的开朗，开朗只是她的保护色。

人往往分两种，一种是由外向内走；一种是由内向外走，让心打开，世界才会开阔起来。

还有不少的人，害怕生病，害怕失去，害怕变老，害怕除了年龄的增长外一无所获，害怕日复一日年复一年永远这么机械地活着。

听过一个故事——

小和尚问老和尚：“师父，一个人最害怕什么？”

“你以为呢？”老和尚含笑看着徒弟。

“是孤独吗？”

老和尚摇了摇头：“不对。”

“那是误解？”

“也不对。”

“绝望？”

“不对。”小和尚一口气答了十几个答案，老和尚都一直摇头。

“那师父说是什么呢？”小和尚一时摸不着头脑。

“就是你自己呀！”

“我自己？”小和尚盯着师父，渴求点化。

“是呀！”老和尚笑了笑，“其实你刚刚说的孤独、误解、绝望等等，都是你自己内心世界的影子，都是你自己给自己的感觉罢了。你对自己说‘这些真可怕，我承受不住了’，那你就真的会害怕。同样，假如你告诉自己‘没什么好怕的，只要我积极面对，就能战胜一切’，那么就没什么能难得倒你。”

小和尚恍然大悟。

我们不是小和尚，但我们若做到——

多去运动，注意饮食，便不会生病；拥有时好好珍惜，即便失去也了无遗憾；懂得每个年龄都是最好的；记得不断学习，才能不断有收获；不想永远这么机械地活着，首先要知道怎么才是有意义地活着，并愿意为之去努力。

只有做到这些，积极正视心中所惧，我们才不会轻易因害怕而踟蹰不前。从此刻开始，把不敢变勇敢，做那个无所畏惧的自己吧！

写 信 给 自 己

亲爱的你：

你曾恐惧过什么？

你是如何克服这种恐惧的？

你认为什么才是有意义地活着？

有心，才有情

看一档综艺节目，刘涛想起一碗饭的记忆，是二十年前，她与一人要好，这人在临别前做饭给她吃，一桌的菜都不再记得，唯独没忘记面前放的满满一碗白米饭。

要好的人，是街边卖水果的老奶奶，她常去买水果，且只买老奶奶的水果，她想，自己多买一点，奶奶就能早一点回家。

素昧平生，她不记得奶奶的名字、年龄，唯一一次被奶奶邀请去过的家也无法识得方向。

她通过节目寻找奶奶，二十年不见，她不再是当年十八岁的年轻模样，奶奶是否在世也无从知晓。她说，想去抱抱老人，亲自做一顿饭，当然不能没有白米饭……

有人说，不过一碗白米饭。

而谁又没有关于一碗饭的记忆呢？

刚毕业那年，我独自找工作，为了省钱，为了不错过任何一个招聘机会，我步行大半个城市，“请问你这里缺人吗？”一句话问了很多家，直至一家小书店收留了我。

口渴得要命，不好意思张口，更不敢擅自离岗。晚饭他们在店里煮了面，我故意站远一些，又饿又渴又能怎样，我是受雇来干活的，不是来吃饭的。

夜色已晚，尚未到打烊时间，老板有事提前离开，只余我和做饭的阿姨。不多时，阿姨端上来一碗热气腾腾的鸡蛋面。她说，赶紧趁热吃吧，我女儿和你年纪相仿，看见你就想起了她，不知道她在外面是不是吃得饱。

不记得面的味道，只记得我一边吃，一边将泪水和面一同吞咽……

若非不是那碗白米饭，我也不会在多年后还能想起那碗鸡蛋面。帮助我们的人很多，我们说过要回报的人也很多，但往往是一边走着一边忘记着。

有一个姐姐，实习时遇到，待我极好。她见我瘦，常常中午用自行车载我去她家，不许我进厨房，天热，开空调给我，她独自在厨房煮面。她吃得极少，多是盛给我，理由是，她需要减肥，我需要增肥。

后来分别，我在外受了委屈，去找她。见了她，她问我，我不说，只说是路过。她问我吃饭没，我点头。

她去吃饭，让我陪她。午时已过，烩面馆鲜见他人，我与她对坐。她点了大碗。我心下讶异，她减肥，素日吃得少，今天却一改从前。

不曾想，大碗烩面端上来，她将碗放我面前。我正要推脱，她说，快吃吧，我早吃过了，就知道你还没吃……

当年受过的自以为天大的委屈早已经不记得了，但那份大碗烩面我却是永生难忘。还好，多少年过去，这位姐姐仍在我的好友名单里，而不是像很多很多的人，一边走着，一边丢着。

我妈说我好命，常遇到贵人，比如这位姐姐。

可谁的生命里又不曾出现过贵人呢？哪怕是伤害过我们的人，只要是出现在我们生命里的，不管是二十年、十年，还是上个月，他们都是我们的贵人。

一个朋友说，她也有一碗面的记忆。她与他初识，正值盛夏中午，他问她想吃什么，她说面。他怕她热，让她在住处等，他一个人去买。她盼他归，俯在栏杆处焦灼张望，直到远远地，远远地，看他端着一碗面，小心翼翼地从巷子那头一步一步地走到这头……

多少年之后，早已分手的她，连他给的重重伤害都已随着时间的推移而被逐渐疗愈，却无法忘记白花花的炽热阳光下，他小心翼翼端着一碗面从巷子那头走到这头的样子。

她说，至少他爱过她。

人生在世，离不开一蔬一饭，也离不开与人的相处。菜式有简单的，也有复杂的。人与人的关系，也有简单的，复杂的。至于究竟是简单的，还是复杂的，看的是我们的心。有心，才有情。哪怕只是一碗饭。

写信给自己

亲爱的你：

你有没有一碗饭的记忆？

你有没有给过他人一碗饭的记忆？

你生命中的贵人为你做了什么事？

最好的时光

和朋友聊起做过的梦，她说，只要工作一有压力，就会梦见当年高考时，不是快收卷了还没做完，就是进考场了怎么也找不到笔，要么被急醒，要么被吓醒。

朋友已离高考好几年，但每年高考她都会关注，她说，自己高考那一年，根本就来不及看自己，紧张到忘乎所以，甚至第一场卷子拿到手头脑都是一片空白。而之后的高考，她作为过来人，头两年还特意跑到考点外，看着校门外拥挤的高考生，以为自己再次融入到了千军万马中。

人就是这样吧，大学时怀念高中，毕业了怀念大学，怀念的同时禁不住要感怀：如果重来，不会再这样过。哪怕曾经的时光再让人怀恋。

如果重来，要比当初再努力十倍百倍；如果重来，情绪上不再抵触任何一个老师；如果重来，不再将父母的话视为唠叨；如果重来，不再天天去网吧通宵夜游；如果重来，再喜欢那个男生少一点点……

如果重来，时光岂能倒流，人又不能往回走，只有梦里再相见，哪怕是突然惊醒。窗外有着白月光，看了又看，才知几年而已，却是恍然隔世，不由得轻叹一声，想回去，又不想回去。

因为工作关系，我时常收到高中生或大学生的信件，有人好奇地问我，现在的年轻孩子都在讲些什么。我说，你年轻时讲什么，他们讲什么。

无非是老师、同学、家长、成绩、理想、失望，还有一点对异性有关的小情愫。

即便我知道所有来信都绕不开这些话题，每一封来信我也会细细地读，读他们，也在读自己。

所有年少的时光都让人沉醉，只是年少的人不曾懂。哪怕是再回原地，也会恍恍然不知身在何处。

名字叫沈的女生，信里问我上学时是什么模样，如果她和我在校园里遇到，不知是不是能和我成为好朋友。

人生走到现在，拥有很多难以忘记的时光，亦知当下就是最好的时光，但不得不承认，在学校的时光，真的是最最难以忘记的。尽管在学校里念念不忘的名字现在也记不清了，毕业纪念册里写着要友谊长存的同学早也不再联系了，还有那个当时气到再也不想和她坐一起的同桌，更不用提一次次令人恐惧的考试和排名……

可是，常常梦回校园时光，那时我们又恐惧又憧憬，那时我们又酷又傻，那时我们又心思单纯又习题复杂，那时啊，我们一心想着离开，想着长大，是谁说过的，梦中猛坐起，还好，毕业了；竟然，毕业了。

毕业那一天，七月，滂沱大雨，我急着穿过雨帘钻进车子里，连挥手都没来得及。彼时还不知道，有的人，从此便永远断了线。

从此只看别人毕业，一年又一年，一天听陈粒的《历历万乡》：她住在七月的洪流上，天台倾倒理想一万丈，她午睡在北风仓皇途经的芦苇荡，她梦中的草原白茫茫，列车搭上悲欢去辗转……城市慷慨亮整夜光，如同少年不惧岁月长，她想要的不多只是和别人的不一样……听到眼含热泪。

少年不惧岁月长。走着走着，当年的少年，不管是不是活成了自己讨厌的样子，但肯定的是，大多数都活成了普通人。

陈粒声声唱：她走在马蹄的余声中，夕阳燃烧离别多少场，她向陌生人们解说陌生人的风光，等她归来坐下对我讲，故人旧时容颜未沧桑，我们仍旧想要当初想要的不一样。

想要的，没什么不一样，像当年在校园里无非是老师、同学、家长、成绩、理想、失望，还有一点对异性有关的小情愫一样，经年之后，成为普通人的我们，想要的无非是事业、生活，还有一点理想的光芒。

夕阳西下，倦鸟已归，相对有言，只为讲一讲梦中的好时光。

写信给自己

亲爱的你：

你人生中最好的时光里都有谁？

你是怎么理解“最好的时光”的？

如果时光倒流，你会如何做？

是结束，也是起点

高考。

不知为什么，在别人声声为你喊加油的时候，甚至我前两天还在为你呐喊助威，但此刻，你坐在考场为最后一科而奋笔疾书或扼腕叹息时，我只想对你说的是这句：走了这么远的路，一定累坏了吧？

从小学到初中，从初中到高中；小升初，要考个好初中啊，不然考不上好高中，上了好高中，要考个好大学啊，不然找不到好工作……什么样的才是好工作？好工作就一定能过好人生？而什么又是好人生？

长长的人生，高考完的你刚刚起步，可我知道你已经为此走了很远的路，遇到过荆棘，孤独，长夜，叹息……不亚于电影《七十七天》里的主角杨。

杨在电影里独自穿越的是无人区，遭遇冰天雪地，黄沙漫天，逆流横渡，野外夜宿，断水绝粮，野兽围攻……没错，你身边是有无数人，亲人，朋友，同学，老师，你还看到高楼大厦，车来车往，人流如织，但大多数时候，你只能一个人去面对——一次次考试，一次次成绩，一次次压力，一双又一双期待的眼睛。

你听到很多声加油，有的是说给别人的，有的是说给自己的，“加油”二字说出来好简单，不足一秒，可真正在自己身上起到作用好困难。不像车子行驶，加了油就可以提速；不像自己爬坡，加了油就可以越过。即使无法越过，有人身后推了一把或前面拉了一下，不说加油，也能上坡。

可学习的路上，所有的题要自己解，所有的试卷要自己做，所有的成绩要自己担。上了再多的辅导班，请了再多的家教，父母高考当天送到考点，最终坐在考场中书写试卷的，是你自己。除了自己，无人能助。

主角杨走的是七十七天，你从小学一年级到高考走的又是多少个七十七天呢？所以，我不为你喊加油，也不问你考得如何，只想对你说，走了这么远的路，一定累坏了吧？像一盏灯，留给夜归的人；像一扇门，留给漂泊的人。

走了这么远的路，终于走到了这里，是结束，还是起点，先不管它，就当作是人生的驿站，歇一歇脚，重新上路。成绩如何，我也不关注，好成绩无非是想有个好大学，好大学无非是想有个好工作，好工作无非想有个好人生。可又有谁知道，什么样的才是好工作？好工作就一定能过好人生？而什么又是好人生？

我关注的是，你走了这么远的路，一定累坏了吧？来，抱抱，歇一歇。

漫长人生，不只是高考，很多条路需要自己去单独跋涉，我们曾以为高考是人生中最重要的事，后来才知道人生中重要的事一件又一件。

贵人相助更好，独自跋涉也不必恐慌，至少你不是像电影里的杨那样身处无人区，总会有一声加油属于你。如果真的没有，那就自己给自己说一声：加油！

然后再抱一抱自己说：亲爱的，走了这么远，一定累坏了吗？

再然后，继续上路，继续勇敢前行。

写信给自己

亲爱的你：

你累的时候最想见的人是谁？

你累的时候最想听的话是什么？

你上一次向他人说“加油”是什么时候？

相信天亮后会很美

你在喜欢一个人之前，从来没想过在什么样的时间什么样的地点会喜欢上他。连你自己都不知道，他就那样突然地出现了，在一个街角，在楼梯上，在教室里，在阳光下，在路灯旁，在聚会上，在欢笑中……突然地，没有任何征兆地，喜欢上了他。

没有任何征兆地喜欢上他，一点也不可怕。因为你喜欢的不是他，也会是另外一个人。人这一生总要是喜欢上一个人的。

可怕的是，喜欢上了他，还要一直无可救药地喜欢着他。

吃饭是他。喝水是他。走路是他。闭眼是他。看书，看到某个句子，是他。听歌，听到某句歌词，是他。

全世界都不关注了，他就是全世界。你只关注他。

“该怎么办呢？也不知道他喜不喜欢我？”

在不确定他的感情之前，你向来爱做的是自作多情。

他一扭头，啊，他应该看的是我，我刚才头发是不是有点乱？

他一走路，啊，他往我这里走了，怎么办怎么办，我该说点什么才好呢？

他一说话，啊，他虽然没有提我的名字，也没有面对我说，但他是不是故意说给我听的呢？

“我一直喜欢在远处看着你，望着你的背影，在众人中一眼看出那个人是你，挪不开眼睛，有种连魂魄都深陷进去的感觉，你突然回头的一眼，我却低下了头。”

啊，就是这样了，他不看你时，你眼里全是他。他突然回头的一眼，也不知道是不是要看你，你却是欲迎还羞。

一段感情最美好的阶段，不是暗恋，也不是明恋，而是你喜欢他，却还不确定他是否喜欢你时。

有人说，最惨不过是你喜欢他，他不喜欢你。其实哪里是，一段感情最惨的是，你喜欢他，他也说喜欢你，但他说的喜欢你是骗你的。

只是你不知道。

如果你明知道他是骗你的，你仍旧执迷不悟去喜欢，那也只能说你傻了。谁会爱上一个傻子呢？他更不会。

所以说，在没有揭开谜底之前，去尽管喜欢他好了，去猜想好了，不要急于确认他是否喜欢你。

那种喜欢一个人的感觉，不是人人都可以拥有的，更不是时时都可以拥有的。大多数人一生也就几次这种喜欢一个人的感觉，有的人甚至一生也就一次。

珍惜它。善待它。认为它是美好，是珍贵，而非烦恼，焦虑。

至于谜底揭开之后，他也一心一意喜欢你，那么你更要珍惜，不但珍惜是他，而且还要珍惜他此时的一心一意。

因为，没有人可以保证他以后会一心一意喜欢你。连他自己都保证不了。不要相信“一生只爱你一个”这种话，一生又没过完，他怎么知道会一生只爱你一个呢？

所以，珍惜他，珍惜他的一心一意。

有可能是后来，也有可能是很快，你发现了他只是习惯性对异性那样，而不是因为你他才这样的。也就是说，他给你的，也会给别人。你不是唯一。

剧情陡转，你开始忧虑，慌张，不知所措，你想抓紧他，却又不知如何抓紧；你想丢下他，却也不知如何丢下。

还不是因为舍不得。

满心的苦无处诉说，恋爱的感觉谁都懂，但没有人懂该怎样对一个人说放就放说收就收。

该怎么办呢？明明没有想着在这个时候去喜欢一个人的，但是他出现了。明明觉得他的温柔自有归属，而不是中央空调。明明告诉自己一万次不要再喜欢他，可一万零一次还是见了他就再也迈不开脚步。

但，终有一别。

什么都不是理由，只有一个，因为，他！不！喜！欢！你！

这一个就够了！还能要更多吗？

刚分手的那一段日子，真的很难过，很难过，难过到不知道该怎么过。在不知道怎么过时，只管向前走。这一点准没错。但要记住的是，向前走时，不要带上他，也不要回头，要相信天亮后会很美，要相信前方有玫瑰园。

相信我，一些年之后，你若再忆起这一段时光，你会给自己下一个定义：那时候的自己，好 Chun。这个字，可以写成“纯”，也可以写成“蠢”。

写 信 给 自 己

亲爱的你：

你喜欢的那个人还在身边吗？

你如何定义和他/她之间的感情？

你目前的感情状态是什么样的？

忘记坏时刻

亲爱的姑娘，昨天我刚看了一本书，这本书是一个知名的作家写的。书的前半部分写的都是她看过的书，多为西方的书，不少书和受她评论的作者我是连听都没听过的，可见她足够的博学多才。

不过她在后面有一篇文章写到她上中学时，父母极为不和，父亲常常酒醉，暴打妈妈和她，打到妈妈带她跑出家门，流落在外……

你看，每个人都有不堪回首的过往是不是？我之所以给你讲这些，是想让你知道，你虽然也有不和的父母，有酗酒的父亲，有受家暴之苦的母亲，但你更应该在意的是，我开头给你讲的“博学多才”。

也就是说，在糟糕的成长环境里不放弃自己，你也许在以后成不了博学多才的人，但最起码过着正常的让自己还算满意的生活，是不是？

“活着有什么意义？”你曾一遍遍问自己，如今写在信中来问我。别害怕，姑娘。很多人都会有这样的困惑，再幸福的人也有不幸福的时候，再成功的人也有自觉失败的时候，生为普通人，难免会在遇到困惑时来这样质问。

“活着有什么意义？”我拿你问的这个问题问一个在外人看来各方面都混得还算不错的朋友。

他说：“毫无意义，每天一万个念头觉得活着真心累，我要有一大笔钱我就给家人一甩，我就消失不见了。”

我问他：“你去哪儿？”

他说：“可能是某个山上睡到醒不来，可能是跳海里。”

我回他三个字：神经病。

不多会儿，他剪贴来一句话：毕淑敏说，人活着是没意义的，但你必须为自己赋予一个意义。

你看，再正经的人也有神经病的时候。好在神经病最终都会把自己活成一个正常人，装着名人名言也好，装着家人也罢，最终还是用力地活着。

“人终有一死，那么人生有何意义？”知乎上有人回答：如果一块可口的蛋糕最终还是会被吃完，那么你吃它的目的是什么？答案是，你的目的在于享受它。

生命是一场馈赠，它和所有我们收到的其他礼物，比如蛋糕一样，本身并没有意义，但如果你能享受它的美好，能让它物尽其用，你就赋予了它意义。

所以，姑娘，哪怕你正经历高三，你也要去享受它，把这一年视为一生，莫虚掷光阴，它很苦，但你要知道还有一个词：苦尽甘来。

即便等来的不是甜，整个过程，你是在享受，而不是觉得在煎熬，在机械地付出，在过一天算两晌，你就会觉得自己在有意义地活着。

当然，随着你以后慢慢长大，你会遇到比高考更大的难题，如果现在不解开心中的谜团，你到那个时候仍会问出同样的问题：活着有什么意义？

澳大利亚喜剧家蒂姆·明钦说："人固有一死。人生有些时刻会让你觉得无比漫长，而且心力交瘁。有时你会开心，有时你会悲怆，然后你会变老，死去。我们的存在是如此空虚，对此只有一种有意义的应对方式，那就是填满它。而填满它最好的办法，就是尽可能多地去学习新的东西，为你正在做的事情感到骄傲，有同情心，与别人分享自己的想法，跑步，对一切充满热情……"

姑娘，如果你看到这里还觉得活着是件没意义的事，那不如从今天做起、从小事做起、从答应我明天约一个人一起看日出做起，如果这个人婉拒了你，把自己看日出也视为一件有意义的事，好吗？

最后我还要告诉你的是，我在开头讲给你看的那本书最后一篇，是那个知名作家写的她父亲从患癌症住院一直到离世。在这篇文章里，她没有一句提到父亲的过去，她写的是，最后的日子里父亲如何努力地活着、她和家人如何无微不至地照顾父亲、父亲去世后她如何让自己为爱坚强地继续活着……

活着，除了要享受好时光，忘记坏时刻之外，还要学会与过去和解，与伤害过我们的人和解，与自己和解。

我知道你一定能做到，像春天初绽的新叶那样生机勃勃，也像冬天沉默安静的树木那样用力地活着，只为等待春天到来，找回属于自己的“生机勃勃”。

写 信 给 自 己

亲爱的你：

你人生中最坏的时刻是什么时候？

你是如何走过人生低谷的？

你最近做的有意义的小事有哪些？

今天，它只有一天

远行走得再远，终归是要回来的；理想再如何丰满，终归要落入凡尘的。生活，不过是生着，活着，日复一日。

每天接触大量负面新闻，这个跳楼了，那个猝死了，这个车祸了，那个意外了，想想死多可怕，死了，世上就再也没有这个人了。自己死了，世上就再也没有自己了，越发觉得生的可贵，对活着爱得不行。

谁又不是日出而作日落而息呢？有组照片，题为：再平凡不过了，再喜欢不过了。照片一张张，均是：能远望到群山的落地窗，黄昏薄暮里的城市，在站台等待出发的火车，树荫下举杯饮茶低语的人，地铁里在座位上打盹儿的下班族，古树下看书的儒雅男子，长椅上戴着耳机在本子上记录的白衫女子……无非是生活种种，不同的是相机记录了下来，再平凡的场景也成了风景。

喜欢者无数。照片下，有人说：这就是生活。

生活着，而不只是活着。

平常的日子，也会有光。从早上睁开眼的第一刻起，感知自己生命的存在。像是，窗帘尚未拉启，已觉察到光亮的存在。积极，明亮，欢喜，接纳，宁静……给自己一个或两个正向的关键词，奠定一整天的基调。

面向太阳升起的方向，不需多久，一分钟也好，几秒钟也罢，或许看到的不只是希望，还会被朝霞染红的天空所迷住。迷住就迷住吧，有的时光原本就是用来浪费的，看看早晨的天空，看看鸟儿如何展翅，看看这个尚未繁忙起来的城市，面对此刻此景，新的一天开始啦！不由得在心里欢呼。

对。要用“啦”，而不是“了”。想想看，“新的一天开始了”，从字面来看，像一个成熟的大人，看不出表情的喜忧。而“新的一天开始啦”，孩童的稚气中隐藏不住的欢快。

崭新的一天，刚刚开始，我们没有理由让自己不快乐。纵使昨天再多烦恼，它属于昨天；纵使明天再多担忧，它属于明天。

今天，它只有一天。

看书是一定要有的，一页，几行，像蜜蜂扎进花朵，目光与书页缠绵。我说的，不是手机，是书。

我们常常机不离手，睡前，醒来，恋上一个人不过如此。想要的，它给；不想要的，它也给。大量的信息涌入眼帘，看时，是静的，看完，是空的。

不比书。看时和看完都是静的，且有余味。如果厨房的锅里再沸沸腾腾地煮着小米粥，不时有清香飘来，日子就是这样了。

上班，要穿喜欢的衣服，走不常走的路。一条路走得多了，便麻木了，一抬头竟到了上班的地方，这一路怎么走过来的便不知晓了。

换一条路，恰好绿树浓荫，不由得放缓脚步，车子是懂秩序的，行人是面目可亲的，连街边店铺的名字都是小喜的。

记得问好。向看到的第一缕阳光问好。向街边浓密的树荫问好。向每一个迎面而来的同事问好。

早啊。你好啊。裙子好漂亮啊。换了发型的你不错哦。

不吝啬自己的语言，尤其是在问好和赞美一个人的时候。所有的人都需要问好和赞美。所有的人都需要融洽的相处氛围。

与你一起真是快乐啊！一起的，可能是恋人，可能是朋友，可能是同事，可能是客户，可能是一面之缘的特殊人士。如果能获得如此评价，还真是一件令人快乐的事。

更令人快乐的，是晚安时间已过，躺在床上要睡去时，回想这一天，由衷地从内心发出一声感叹：真是快乐又幸福的一天啊！

一夜好眠，睁开眼已是明天，不，分明是新的一天。哪怕再平凡不过，却也再喜欢不过。

写 信 给 自 己

亲爱的你：

你是如何面对日复一日的平凡生活的？

你是怎样开始新的一天的？

如果用一个正向的词总结你的一天，你认为会是什么？

选择开心

如果我问你最近一次不开心是什么时候，你是否还记得？

刚刚？昨天？上周？再久一些是不是自己也要不记得了呢？

是啊，气到不行的事情，难过得想骂人的事情，不要说久了，有时就两三日之后，想起来都为自己当时的不理智觉得好笑。

大道理谁都懂，不要生气，不要不开心，对身体不好，要知道管理自己的情绪……可是，事到临头，真的好生气，好难过。

总会有这样那样意想不到的事情，非我们所控。所有生气的理由，都是没有如愿按自己所想去进展。

“我心情不好”。

没有人会因为这句话就刻意地迁就我们。

想起初入职场，我无比真性情，开心就笑，不开心就丧着脸，直到与一个关系较近的同事产生了点小摩擦，她不留情面地当众诘问：这是单位，不是你家，没人有义务必须要看你的脸色。

从此，与其说是渐渐收敛了些，不如说是为他人做出了些许的改变，同事说得对，别说是单位，就是家，家人也没有义务看我们的脸色。

到底我们的存在，与他人来说，是礼物，还是麻烦，不在于别人，而在我们自己。

渐渐职场多年，成了管理者，也并不是说心情不好想给谁脸色就可以给谁的，霸道总裁都是电视里演的，实际的我，反而是很多不开心都来自工作。

老板不理解，不开心；项目进展缓慢，不开心；同事效率低下，不开心；部门之间不配合，不开心；说过的问题下次还会出现，不开心……

不开心时，再也不会是初入职场时，开心就笑，不开心就丧着脸，而是开心不开心都会一直将微笑挂在嘴角。如果说，所有生气的理由，都是没有如愿按自己所想去进展；那么，所有让我们生气的人，都是没有如愿按自己所想去行动。

他又不是我，怎能和我所想所做完全一致？

于是，告诉自己要懂得包容，可总是有不开心到像一只气球快要爆掉的时候，该怎么办呢？

想给别的同事说，但同事之间不能相互抱怨。

想给朋友说，但朋友前前后后懂得的又有几个？

想给家人说，说了又如何，除了为家人徒增烦恼，问题仍旧无法解决。

……

不开心时，尽量不去打扰别人，更无须向他人倾诉，因为没人有义务做我们情绪的垃圾桶。

既然是别人生命中的礼物，就让别人想起我们时，不是吐槽王，也不是祥林嫂。

朋友千千万，知己有一人。把不开心的事情讲给知己听，未必对方真的有时间随时等我们去倾诉，即便真的有时间去听，我们也该知道，放在自己身上再大的事，在别人听来也都是芝麻小事。所以，再知己的人也无法感同身受，更何况他人。

“我心情不好”。

不如，直接告诉身边的人：我心情不好。不是让他们配合我们的心情，而是告诉他们：抱歉，我想静一下。

又不是小说里写的那样随时有说走就走的旅行，但我们可以关上门，做做能让自己舒缓情绪的事情，听听音乐，看看书，望望远方，刷刷搞笑小视频，转移注意力。

同时，相信善意的力量，他人是善意的，自己是善意的，这个世界也是善意的。

如果可以，试着走出门外，坐在街心花园，晒晒太阳，看看行色匆匆的路人，不是男人，就是女人，就像人生这么长，不是开心，就是不开心，既然是选择题，选择权又在我们手中，为何不去选择开心呢？

调适情绪的时间不可过长，不要让别人配合我们的情绪，也不要让别人配合我们的时间。每个人的时间都很宝贵，我们已经为自己的不开心花费了时间，就不必再麻烦他人了。

“我回来啦”。请记得脸上要微笑，心里要真的开心。

相信我，开心是有气场的，不开心也是有气场的，要成为别人生命中的礼物，而不是麻烦。

写信给自己

亲爱的你：

你是选择开心还是不开心？

你不开心时是如何做的？

你认为自己是别人生命中的礼物还是麻烦？

你很好，别让自己不快乐

她身边常有花，我去看她时，她办公桌上的是一束白玫瑰。

我抱着的小女孩睡着了，她搬来午休的小床，打开，让小女孩睡在那里。

旁侧小圆桌，零落放着几本书，她示意我坐下。我刚落座，她便起身，以为要去做什么，原是从窗台上移来一红酒瓶，盛放着几支百合。

我们小声说话，怕影响小女孩睡眠，也恐打扰其他同事。

说是办公的地方，也不像办公室，若杯里的水换作咖啡，那便是咖啡馆了。

同事三两个，偌大的房子，都择窗而坐，各散落一处。仔细望窗，木的，不是蓝，就是红，窗外绿叶探出小脑袋，工作累了，转头就是景。

小女孩不醒，我们就一直说，说工作、生活，也说远行和那个未来的他。

她问我，爱情到底重不重要？

我想了想，不好回答，但也实话实说，爱情重要，但不是生活的全部。

她又问，怎么才能遇到合适的那个他？

我说，遇不到时，要等，遇到时，要追。

还问了些什么，我大她几岁，也没什么大道理，所谓的人生经验也未必管用，但朋友之间对谈，无须掩藏，推心置腹就好。

不知过了多久，喝了几杯水，小女孩醒了，她带我们下楼，院子很大，都是她工作的地方，同她一样，看上去有种文艺的美。

风有些大，吹得云这一处那一处的。见我拍风，她也望云，走一步，等一步。直到她看见猫，慵懒的黄色的猫，眼也不睁一只，她却恋恋着不肯走，走了几步，又回来，猫眼微睁，她兴奋，像个小孩，抚摸它，低声唤它的名。

如果她找到他，家里定会有花，有猫，当然，也有爱情。世上太多女子，非爱不嫁。而她们应该知道，再爱，也可能会变成不爱。倒是不爱，久了，却相互离不开。

走着走着，白杨树下，看到一对新人在拍照，白婚纱蓝西服，她看他，他看她，看得角度不对，听摄影师的，重新再来。我们路过，她看着羡慕，我看着好玩，看得久了，许是新郎不好意思，脸红了又红。

走了很远，她还回头看。她说要拍一下吹过白杨的风。我倒觉得，她是再想多看那对新人几眼，每看一眼，都将自己穿上婚纱的那一刻憧憬一遍。

再走，看到旧房子的墙壁上，写着大大的粉笔字：真正的快乐，不是拥有的多，而是计较的少。

不知是风迷了眼，还是看红了眼，她再说话时，眼睛有点点红，她说，其实，我不快乐。

她像说心事一样把“我不快乐”说出来时，我没有惊讶，只是讲一个综艺节目给她听。

节目里，年轻貌美的大明星，根据节目需要，玩“二十个我”的游戏，即说二十句话，带有二十个“我”。她说：我有些时候会很无助，我有些时候会必须让自己变得强大，我不想工作，我只想和自己喜欢的人在一起，我喜欢看些没用的书比如言情小说，我从虚幻的故事里面找些安慰自己的，我不快乐……

她再说不下去，因为哭到收不住。

我不快乐。

这句话，有些人说出来，未必人人都能理解，怎么可能，他那么有钱，她那么漂亮，他看上去事业有成，她看上去家庭幸福……可是，不是有钱不是漂亮不是看上去，就会快乐的。

所以，每个人的快乐都不是像表面上的那样，真正的快乐要源于内心，真实发生的，真实感受的，同时也要学着接受自己身上满是泥泞的部分，就像我们接受了好天气一样，也要接受坏天气。

做真实的自己，卸下面具。你很好，别让自己不快乐。我对她说这话时，桌上的百合和白玫瑰寂然开放，安静有力，小女孩咯咯地笑，快乐如风。

隔了些许日子，看她发朋友圈：运气好的话，能避开一场无意义的会，走进一个秋天，就如下午。顾城说，应该活得是自己，并且干净。好好生活，活成自己。

配图是，操场，夕阳，光影中的她，当然少不了一朵可爱的小花。

写 信 给 自 己

亲爱的你：

你快乐／不快乐的原因是什么？

你上一次哭是什么时候？

你快乐的理由是什么？

不如哄着来

哄一个人，一定是我们在意这个人。无关的人，谁又愿意花时间在他身上呢？更不用说为他花心思了。

是的，我们可以不懂哄人的技巧，但我们要懂得哄人是需花心思的。

哄人的目的，是让我们哄的人开心、舒服，不产生负能量，更不会让我们自己接受到来自对方的负能量。

我们都懂得，负能量是会传染的。原本好好的心情，会因为接受了他人的负能量，紧接着也会情绪变得糟糕起来。

从我们出生的那一刻起，便开始接受“被哄”。我们拥有了怀抱的温暖，承托了爱的关怀，只因是我们感受到了有人在哄我们，轻轻地拍打着背，哼着儿歌，臂弯仿佛摇篮，宁静而温馨。

不管是出于什么原因，饿了，渴了，跌倒了，磕到了，我们会哭，只因知道，会有人哄。

我们如此强烈地需要有人来哄，它好比灵丹妙药，只要有人哄，就像自身带了开关，哭声立即停止。

可是啊，随着年纪的慢慢增长，不再有人经常性地哄我们，不仅仅是因为我们逐渐长大了，变得独立了，而是因为哄我们的人觉得懂事了，能听明白道理了，没有再哄的必要。

多么想要有人来哄一哄！难过到掉眼泪时，不需帮着擦干泪水，也不需说别哭了，只需一个拥抱，便是哄了。

做恋人时，爱得多的一方会哄爱得少的一方，直到被哄的一方心花怒放，终于花好月圆。

日子长着哪，岂能天天赔上笑脸好话说尽？婚姻触礁，多是与先前有了落差——追我时，你事事让着我，哄着我，现在呢？

现在呢？如果爱得少的一方换作爱得多的一方，也会有累的一天。

生活不是演戏，换一个镜头就是十年后，而是一日挨一日，晨晨昏昏，鸡毛蒜皮。与其郁闷、牢骚，不如哄着来。

朋友与婆婆同住一屋檐下，却相处极其不和。我给她建议，老人要的不多，多喊几声妈，多说几句好听话，多知她冷暖便是。朋友强硬地说：我才不要喊她妈，从结婚到现在，我一声妈也没喊过……

自来关系出现危机，不怪一方。连一声妈都不愿意喊，更别说哄。

上班前：妈，我刚去买了虾，你中午给小宝炒炒，你也要吃，别总舍不得吃。

下班后：妈，你不用洗碗了，带孩子累了一天，你坐那儿休息休息，我来洗。

周末：妈，你又是带孩子又是照顾这个家，辛苦一星期了，周末你想去哪儿转转，我陪你。

换季：妈，我给你买的新衣服看看喜不喜欢……

如此，紧张的关系会得不到丝毫的缓和？谁人的心是用冰块做的呢？

当然，对于两性关系，是有冰块做的心，不喜欢一个人才会坚如冰，再哄也是徒劳无功。

闺蜜炽热地喜欢一个男人，除了身体，给他所有的好，自己不吃不喝也要省下来钱给他买好吃的好穿的，但并没有赢得他的心。

闺蜜后来嫁了良人，过得幸福。她说，多谢前任当年不娶之恩，认识我家先生之后才知道爱并不辛苦，我也可以成为被哄的那一个，当然，我也哄他，夸他帅，夸他做饭好吃，夸他懂得体贴我父母，他生日时我送礼物，他记起了甜蜜纪念日我向他点赞……

哄一个人，是宠一个人。

心里有，才愿意宠，愿意哄，花钱，花时间，花心思。如果都没有，好听的话总可以讲上几句吧？嘴巴的主要功能，除了吃饭，便是说话，不必懂得太多说话之道，什么好听说什么便可。

我爸，天生暴脾气，定时炸弹，炸弹何时爆，引线在和他相处的人手上。他最不喜欢我下班晚回。如果晚回，便会担心他又要催促又要生气又要带着小宝在路口把我望了一遍又一遍。

我相当不喜欢他的暴脾气，但他大半辈子过去，让他改，极其困难。只有我改变，改变与他相处的方式，改变与他说话的方式。

小孩子需要哄。老小孩便是这个理儿了。

前几天下班晚回，担心他生气，我在会议间隙给他发微信——

老爸，加班晚回半个小时，不要着急哦，我知道我老爸最有耐心啦！爱你哦！

果真有用。一路飞速回家，他非但对晚归的我不吵不怒，还笑眯眯，真是皆大欢喜……

我们每天睁开眼睛的那一刻起，就是和不同的人相处，对于值得的人，真的有必要掌握“哄”这个技能。切记，哄人时，忌虚伪，宜真诚。

写 信 给 自 己

亲爱的你：

你哄过谁？

你被谁哄过？

你为谁花过什么样的心思？

你今天真好看

一个心有困扰的女孩子说，有时候会觉得自己不好看，要么干脆不看镜子，要么对着镜子看了又看，衣服不好看，发型不好看，眉眼不好看，总之，镜子还是原来的镜子，人还是原来的人，可就是不好看了。

我们常常以貌取人，认为别人也非异类，他们看我们，也会以貌取人，自己都觉得自己不好看，更何况他人。

每天从我身边来来往往的女孩子有很多，认识的，陌生的，但我近来印象深刻的是在公交车上看到的一个女孩子。

她衣着普通，短马尾随意地束在脑后，身子斜靠在扶手上。我看到的是她的侧脸，也猜不出她的年龄，但看到的那一刻就是觉得这个女孩很好看。因为，车厢里的人，有的人看手机，有的人木然地看窗外，有的人叽喳着谈笑，唯她，安静地站立于那里，看一本厚厚的书。

她不是在摆拍，更不是佯装在读，她是真的读得认真，一字一句地在读，车厢里的热闹是别人的，她像守护着自己小小的梦一样，安静地独处一隅，从未抬头看这个世界一眼。

我想记住这个好看的女孩子，也许她是放学回家，打开门就要面对问询成绩的父母；也许她是下班回家，下了车就要考虑家人晚上吃什么喝什么，但至少在这一刻，沉浸在书里的她是幸福的知足的。

我拍下她，又怕按下手机的声响惊扰了她，哪怕这声响很小很小。我调成静音，拍下她侧身读书的样子。我到站了，下车时从她身边走过，想凑近看看她读的什么书，可又觉得多此一举，她拿着一本书的样子本身就很美了，不是吗？

还有一个女孩子，我坐在公园的长椅上小憩，被她的笑声点亮了未完的梦。

我睁开眼来，看到白衣黑裙球鞋的女孩子正向对面的同伴挥动羽毛球拍。也许是初学，也许是性格使然，打一下笑一下，笑得银铃一样咯咯响，一会儿笑得弯了腰，一会儿笑得捧着腹，一会儿干脆球也不打了，就站在那儿哈哈笑。

打什么球重要吗？球技如何重要吗？连同伴都被她感染了，也跟着笑。就连坐在长椅上的我也被她吸引了去，目光追随着她，看她笑，自己嘴角不知道何时也为此盛开了一朵笑靥。

她蹦蹦跳跳，她笑声清脆，她在早春别人还棉服裹身时自己因运动而穿了短袖，白衣黑裙球鞋，着装和她一样，简洁轻灵，连同她的笑，怎么看都觉得好看。

好看的女孩子，自身带有光芒。罗丹曾说过：我们在人体中崇仰的，不是如此美丽的外表的形，而是那使人体透明发亮的内在的光芒。

读书的女孩子，打球的女孩子，不管是安静着的，还是运动着的，我觉得她好看，不是因为她有美丽的外表的形，而是她们身上散发着的明亮的内在的光芒。

心有困扰的女孩子如果不能做到像她们一样，不如像我有一次逛街时看到的那枚镜子一样，镜上贴六个大字：你今天真好看。每天出门前照镜子时将这六个字默念几遍，大声说出来也没关系，给自己一些积极的心理暗示，做一个心有能量的人，本身就是好看的。

如果连这也做不到，那么请记住，想做一个好看的女孩子最简单的一个办法就是：爱笑。笑是世界上最便宜也最有效的化妆品，做一个好看的女孩子，真的不难。

写 信 给 自 己

亲爱的你：

你认为自己好看 / 不好看的原因是什么？

你愿意做一个爱笑的人吗？

你认为好看的人应该具备哪些条件？

人生最可怕的不是贫穷

前几日听到一个关于贫穷的解释：年轻人，你家庭条件差，你是贫，不是穷。

不管贫还是穷，归根结底还是贫穷。检索“贫穷”二字，意为：在中文里，贫、穷两字本解作“极度不足”，日常使用里则指“缺乏钱财，生活拮据困乏”；也有人认为，贫穷的成因包括了多种因素，从发展经济学角度讲，贫穷就是缺乏生活机会。

更直接点，贫穷就是钱少或没有钱。

有微博话题：家里穷是一种怎样的体验。大凡参与或围观的，多是穷过。

很穷，穷到不堪回首，穿了有洞的毛衣，老师让到黑板前答题，不敢起身，不是不会，是怕一起身毛衣的洞就会被同学嘲笑。

很穷，高考前，一个月回家一次，只要回家就是向父母要钱，不是这考试收费就是那试卷收费，想回家，又怕回家。

很穷，刚毕业的那年春节，没有积攒到足够的钱，不知如何面对父母，忐忑的心绪被年长的朋友发现，买了几箱类似火腿等礼物给我，好让我风风光光带回去过年。千里迢迢带回去，父母不舍得吃，将火腿等转手卖给了邻居。

很穷……

日子过了好一些时，总会忘记自己曾经穷过，穷到不舍得吃不舍得穿花每一分钱都要纠结很久。

穷一点也没有关系，别人有的我们可以没有，别人吃的我们可以不吃，别人穿好的我们可以穿暖的，怕就怕在穷有时候会变成心理上的一种穷。

怕别人的眼神。怕别人的嘲讽。怕说者无意听者有心。要强，敏感，自尊心爆棚。

穷过的人说："小时候我爱吃橘子，我闹着要吃，我妈在摊位前拾起三个，小贩不屑地说：就三个？所以后来我就很自卑。"

穷过的人说："特别羡慕那些家庭条件好的，要什么有什么，感觉自己处处不如他们。"

穷过的人说："有一次妈妈送我去学校，吃早餐的时候只点了一碗给我。我很生气，为什么她不给自己也点一碗？我不吃，生气地走了。少年敏感的自尊心受到了严重伤害，这么多年过去了，自己赚钱养活自己了，却不能自由自在地去吃自己喜欢的东西，买自己喜欢的东西，因为一直没办法忘记这件事情。贫穷的阴影对小孩子的伤害是无法磨灭的。"

……

穷过的人只要讲，都能讲出一部辛酸史。

“最虚荣的年纪里一无所有”，有人说这句话很辛酸。其实最辛酸的应是大把年纪了，不是一无所有，而是上有老下有小，仍然穷。

人生实在太艰难。

有些人不明白，有了挣钱的能力，工作又很努力，为什么一年到头还是穷？年薪百万的人想过千万收入的生活，月薪几千的人要供几万元一平方米的房子，不是能力不足，不是努力不够，是抵不上欲望的诱惑与房价的上涨。

有朋友一二——

朋友一，生在优渥的家庭，恋爱的年纪，遇人无数，她个个都看不上，唯有一相貌平平眼镜男俘获了她的心。只因二人一起吃饭，点了鸡肉，他吃得香，他说从来没吃过这么好吃的鸡肉，家里穷，兄妹几个，还要供他上大学……朋友听了甚是心疼，想结了婚要顿顿做鸡肉给他吃，让他吃个够。

朋友二，小时候穷，上大学穷，创业穷，一直穷到儿子出生交不起学费被送回老家上便宜的幼儿园，终于创业中打了翻身仗，住别墅，开豪车，仍夜夜被噩梦所扰，怕一夜醒来什么都没有了，他自称完全是穷怕了。

人生最可怕的不是贫穷，是自己或所爱之人遭遇不测，如身体有恙，如事业遇险，如突发急况，如飞来横祸，需要钱时，而我们眼睁睁看着却无能为力。

如此想来，要感恩自己所过的是寻常人家的生活，一日三餐着，身体健康着，每月工资发着，不富，也不贫。同时，要时时提醒自己，如今这个时代，世上本没有穷人，出身和运气我们掌控不了，但是不是勤奋就在我们的双手和双脚，动一点，穷就会少一点，生活机会就会多一点。

当然，如果你此刻富足，有很多的钱，祝福你，但也要提醒你，钱乃身外之物，既然身外之物，它并不代表永远都是你的。相反，于穷的人而言，也并不代表永远都不是他们的。钱是流通的，不在这个人的手里，就在那个人的手里。

总之，不管是谁，有钱，够花，就好。

写信给自己

亲爱的你：

你认为自己是贫穷的人吗？

你是怎么度过贫穷时期的？

你怎么定义贫穷和富裕？

大隐隐于心

如果让你迁居乡下或山林长期生活，你愿意吗？

现代人的回答来了——

——有 WIFI 吗？

——衣食无忧还可以，没钱待在山林里就是返祖了。

——哪能那么潇洒，孩不上学吗？

——一起生活在山林的对象是个宝吗？不然躲在山窝里多憋屈。

——我觉得最好的生活就是，可以住在山林里，但是不缺钱花，父母子女都有着落。不然何必辛辛苦苦上大学找工作，待在老家就可以，有水有山有地有田有院有鸡鸭鹅。

看一本杂志，有关乡野。

有一农耕实践者，在日本小豆岛，种八十余款蔬果，然后想出它们的吃法。

她原在大城市，没有任何农家生活经验，也不擅长烹饪，工作忙碌，忘记生活。更无法容忍的是，虽然她和自家先生住在一个屋子里，但因为双方工作的忙碌，交流的时间并不多，每餐都碰不上时间。她认为这样的生活是不对的。

于是，他们一家三口搬到了爷爷居住的小豆岛，实现了迁居梦。小岛有蓝色的大海和青郁的山耕田，一家三口一边享受着美丽的自然风光和朴素的乡间民风，一边开始在农耕生活中亲手生产食物，让自己的生活变得更加充实有意义。

小岛不是世外桃源，所以她和先生像以前在城市里一样卖力工作，将有着一百多年历史的老宅子改建为咖啡馆，在网上销售蔬菜，业余做网站做拍摄。物质上并不像外人想象得那么富足，但她很满足，和家人在一起的时间多了，工作和生活融洽在一起，每天的节奏变得简单。工作之余，带着饭团到山里，坐船到隔壁小岛看风景，在海边游泳捡贝壳，看到岩石就攀岩，在自家庭院摘樱桃将它们制作成樱桃酱，将各色各样的果蔬摆在一起并拍照……

她和很多人一样心有困惑，不知道未来会如何。但她认为，做好眼前的事情才是重要的事。

同样有一对在波士顿的中国夫妇，也是离开了喧嚣的大城市，放弃了朝九晚五的工作，选择在一个乡村小镇居住，只因老宅对面有片湖。

老宅够老，建于二十世纪五十年代，他们不觉得旧，反而认为越旧越是改造的可能性更大。事实上，四五年过去了，他们并没有对房子大动大改，而是坚信着家不只是一个单纯物理结构的房屋，而更像是一个有着信仰结构心的所在。所以，房子在缓慢地由内而外地蜕变着，亲手改造，亲手制作，拆除的废旧材料也不急着扔，有的重新利用，有的用来烧柴。在后园里种植蔬菜，清扫积雪，采摘蓝莓，对花对酒，无忧无愁。

最好看的是太太的书房，是他亲手改造的第一个项目。书房窗外就是湖，夏有夏的好，秋有秋的美，是看得见风景的房间。

他们也没有太多的钱财，收入主要来源于在大学任教的太太，但他们认为对于不奢侈的生活是足够有余的。

除此之外，他们还淘到了又老又酷的房车，对于未来，想要的就是，开开车，开开船，临湖而居，随遇而安。

还有一对夫妻，身为漫画家、摄影师，先前热衷于骑行，一骑就是半个中国。途中二人相识，一起生活，又一起从北京市中心搬入靠近山间的村庄租下两个院子，在自然的田野里彼此支持、各自创作。

说是院子，也是有六十多年历史荒废已久，另外一处是当地农民新盖的，夫妻俩并没进行太多改造，只是按着自己的想法做了厨台。他们在菜园里种菜，白给自足。他们有足够的耐心对待接纳他们的这片土地，花了三年的时间改良土壤，慢慢培育品种，不锄草，不打药，遵循自然界原有的生态平衡。

生命在用心之下成为赏心乐事，他们专注当下此刻，山居岁月里的日常成了画画的灵感来源。一朵野花的神采奕奕，一枚红叶的傲立枝头，一顿沙拉，一次野炊，都用画笔一一记录了下来。

春天来时，他说，和春天一起来的，是想做的很多很多事。

冬天来时，她说，住到乡下后，每一个冬日，都充满了无所事事的味道，叫人喜欢。

还有在山顶开民宿的大男孩，虽然从电视台辞职成为民宿主理人后也会被琐事缠身，但他喜欢山居岁月里的篝火和星空，也喜欢古树和云雀。他对物质的需求越来越少，对社交的期许越来越弱，反而更注重内向的探索和感受。

站在树下等人，头上便落了桂花。这是另外一个男孩，他从北方城里转战到南方山林。网络的发达并没让他与世隔绝，城里年轻人该有的生活方式他都有，比如仍然阅读，记录，获取信息和物质。但他有的，城里的年轻人却没有，比如干净的空气，不竭的泉水，午后饭饱，叫上伙伴们去山上升起火来，烧水叹茶，没什么比这更快乐的了。

别人靠山靠林，有一个在北京待了十年的男孩最终选择回到家乡，面朝大海，种植茶园。

草木虫鸟在自然间循环往复，日光之下仍有新事。离开大城市不是没有遗憾，但他认为周作人在《雨天的书》中描绘的饮茶“喝茶当于瓦屋纸窗之下，清泉绿茶，用素雅的陶瓷茶具，同二三人共饮，得半日之闲，可抵十年的尘梦”，正是他当下的理想生活状态。

城市里太多野心勃勃的人在一起。于是，一对陶艺人远离城市，搬到山间小村庄，林间散步或路边野餐成为生活常事，从一个人到两个人，再到三口之家，日常像植物一样在山间缓慢生长。烹饪应季的食物，注重时令和节气，一年里慢节奏地烧几窑器皿。不觉得慢，因为他们本来就是希望能这样子生活，所以会尽量保持当下。

……

也许，每个人都希望像他们一样面朝大海，移居湖边，活在郊野，可并不是每个人都有他们的勇气与能力。我们终将对城市舍不下，舍不下的是什么又无法诉得清。城市给了我们什么？又让我们成为什么？为什么我们一边讨厌着城市还一边无法舍弃城市？

林有，山有，海有，郊野有，就看我们是否愿意迁居并作为日常。返璞归真也好，隐居山林也罢，那些实现迁居梦的人也并不是没有烦恼，而是他们与乡野亲近，心态愈发平和，愈发注重当下，愈发知道“舍得”便是有舍才有得所蕴含的真正意义。

写 信 给 自 己

亲爱的你：

你有过隐居的愿望吗？

你为什么没有实现这一愿望？

你想要的理想生活是什么样的？

心安才一切安

看日本作家青山七惠说："我刚入公司时的那种朦胧的不安和单纯已然不见了，虽说偶尔也会快没车了才回家，却身形依旧，没有胖多少也没有瘦多少，就连对食物的喜好或发型也没有什么改变。虽然不再像以前那样对自己的前途常常抱有不切实际的希望了，但也没有感到绝望。只有不安至今仍然残留着。"

这话让我想起与小同事的聊天。准确地说，是想起自己。

小同事说：我毕业几年，二十好几的人了，想起以后，天天都会焦虑。

我说：人人都会有焦虑，我也有。

她反驳：不一样啊，你该有的都有了，我除了工作，什么都没有，真的很没有安全感……

很想对她说，你像我这种年纪，什么都有了的时候，一样没有安全感。但想了想，还是住了口，不想把现实的真相过早给她看。

刚毕业时，工作不稳定，吃了上顿没下顿。和乐天派的同学合租在一起，我比她工作要努力几倍，是她哪怕只有一元钱，她也是开心的。我不行，钱包里不能少于一百元，否则会觉得很快就要饿肚子了。

说到底，还是缺乏安全感。

没有人值得依靠，不像在学校，可以名正言顺且心安理得地花着父母的钱。毕业了，就意味着要完全独立了，即便父母问钱够不够花，也会违心地回答“够”。

一人吃饱，全家不饿，多了多花，少了少花。可往往是没有多的时候，少的时候却成了常态。

涉世之初，也并不是努力就可以换来足够的金钱。花销不多，但抵不住薪水微薄，不足千元，好在后来做的是喜欢的工作，所有的时间都用来沉浸在工作中，不社交，无应酬，没有存款，更无欠账，觉得真是快活。

对物质近无要求，仍然缺乏安全感。由于任职单位是私企，今天有，明天就有可能倒闭，庆幸的是我待的那几年还算稳定，可又抵不过年岁的渐长。25 岁时决定辞职，原因是再不走就老了。

原来，缺乏安全感的原因，除了钱，还有年龄。

承蒙上天眷顾，后来的我过得顺风顺水，像我这个小同事所言，该有的都有了。

“安全感”仿佛隐藏在了内心某个角落，很长时间不再被提及，不是有了安全感，而是根本无暇顾及。

“新世相”做了一个有关“29 岁每个月挣多少钱，才能安心进入 30 岁”的采访，采访和留言者众多，人人自危，不曾有人满足。

月薪9000元的人说，过年回家，腰板根本无法挺直。

月薪1.5万元的人说，每月要还1.3万元的房贷，压力太大了，买件衣服就要考虑再三。

月薪3万—10万元的人说，现在的快乐，没有毕业穿地摊货时多。

终于有了10万元存款的人说，担心因为生孩子丢了工作，只能走一步看一步，真的太难。

……

刚找到工作的，焦虑如何得到上司的认可；工作几年的，焦虑如何拿到更高的工资；没房的，焦虑买房；买房了，焦虑还贷；没娃的，焦虑生娃；有娃的，焦虑不输在起跑线上……

我那位小同事啊，你才二十几岁，焦虑的还在后面呢！即便是当你觉得什么都有了的时候，你还是缺，因为人的欲望是无穷尽的。采访中，月入3.4万元但月支出3万元的人说：越往后，把你绑住的事情就会越多。

当然，我不会告诉她这些，为稳住军心，也不会告诉她“其实我也没有安全感”。

行业的迅速衰退，让我随时都有面临失业的危险。如果说回到刚毕业，失业只是一个人，而如今我几乎是全家，上有老下有小……日子就不过了吗？不但要继续过下去，而且还要打起精神。

服务一个单位多年，见证过它的辉煌，享受过它给予的荣誉，不能在它遇到险情时甩手走人，做不到力挽狂澜，但至少用自己的一份力量，助它一臂之力。

当然如果重回25岁，我会像新世相里29岁男人说的那样：

对现在 25 岁的人只想说，少刷点朋友圈、微博、抖音好吗？拿点钱去买股票或做点副业也好啊！

那么，重点来了，想多一些安全感，要尽早学会理财，学会提升自己，学会掌握新技能，学会建立心灵的自信。不然，到任何时候，都会觉得自己，需要的太多，拥有的太少。

写信给自己

亲爱的你：

你是一个有安全感的人吗？

你的安全感来自于哪里？

你最近两年学会了什么技能？

轻声说，听得见

想起有一天早上，听到对面楼里女人叫嚣的声音，歇斯底里也就这样了。听不到他人的声音，只有她的，不知她面对的是老公还是孩子。长时间的，撕破喉咙地叫骂。

天啊！连我这局外人，隔着这么远的距离都想要捂上耳朵，真是同情站在她面前的人。

特想把她的声音录下来，待她恢复理智时播放给她听。想必她自己都不相信，那个歇斯底里的女人会是她！

我们每个人都有失去理智的时候，用责备的语气，用攻击性的语言，句句是刀，刺向对方。再好脾气的人也会觉得每被刺一刀都是疼的。

我们清醒的时候，看到别人这样，会觉得不可理喻，会觉得神经病才这样，会觉得有什么大不了，会觉得至于嘛多大的事儿啊……但是，真是轮到自己了，就是不行。

我们对外人客气再三，但对亲近的人却最容易失去耐性，也常被情绪控制，于是大吼大叫。

大吼大叫时，我们的嘴巴过了瘾，却不知道自己在大吼大叫时的样子真的好丑。

问题是，吼完了，丑完了，自己还会暗暗后悔。

有次在公交车上，听一女子在打电话，听不到电话那端的声音，只听到整个车厢皆是她一人所吼。从她的吼叫里听出也没什么大事，均是些芝麻小事。

想去劝劝她，转念想不如劝劝自己，我们都有过她这样连自己都厌恶的时刻，只是作为当事人时自己不知道。

从那天起，告诉自己，打电话时要温柔，不管电话那端是谁，别说吼，大声说话就不行。哪怕听电话的人在千里之外，但其实他的耳朵就在我的嘴巴边。轻声说，温柔说，听得见。

要学会控制自己的情绪，而不是被情绪控制。我们要知道，情绪有一定的周期和潮汐，当发现快要被不良情绪所侵身时，要懂得将不良情绪化解为正面情绪的方法，如速度转移法，如语言节制法，再不然就学着《武林外传》里吕秀才为郭芙蓉量身打造的方法：深呼吸，闭眼睛，缓慢地，默默念：世界如此美妙，我却如此暴躁，这样不好，不好……

如果平时真的是一个特爱生气的人，不如在早上一醒来就给自己订下一个目标：今天不生气。晚睡时，如果一天没生气，就自我奖励一下。

总之，别做让自己后悔的事，生气的样子真的很丑。也别做影响他人情绪的事，生气时抛出去的不是一句话，而是一把刀子，我们平时那么可爱，杀手的身份真的不适合我们。

写 信 给 自 己

亲爱的你：

你上一次生气是什么时候？

你今天生气了吗？

你做过的最后悔的事是什么？

别总是期望太高

十六岁的女孩子患了抑郁症，她发医院诊断书给我，我说：十六岁而已，有什么不愉快的呢。

我身边多的是十几岁的女孩子，烦恼尽知，无非是学习成绩、同学相处、家长不解、暗生情愫等等，她们的忧愁听得多了，也不觉得是种忧愁了，因为这些是每个人在十几岁的年纪里都会经历的。所以，未经太多思虑，我说出那句伤了这个女孩子的话。

我也是好久之后才知道我这句话伤了她，她发了很长的话给我，讲她的故事，然后说，以为她信任的我能帮她，但没想到我说出的是那样一句话，她很失望，对我，对这个世界……

当然这一次我给她回复了很多，首先向她道歉，不知道她小小年纪经历了那么多。然后尽我所能将我对这些事情的看法及对这个世界的认知一并告诉了她，尽管我知道在抑郁症患者面前我这些话显得很是苍白无力，但还是想着尽量不让她对这个世界有失望之心。

至于对我失望并没什么，我非完人，不是每个人的情绪都能照顾得到。

常对一个人怀期望之心，是每个人都会有的，上司对下属，下属对上司，男朋友对女朋友，女朋友对男朋友，父母对孩子，孩子对父母……但渐渐我们会知道，越是有期望，越是有失望。

最敏感是他与她，以为对方一个眼神便懂，以为说了半句就能接上下半句，以为是玫瑰送的却是芍药，以为做了新发型就能看得出来，以为感冒了能听说话就能觉察到，连发了信息都像演了一场大型独幕剧：为什么不回我的信息？是不是我哪里说的不对？难道是我说的太多嫌烦了……下次再也不会这样了！可只要心里有对方，就对其抱有期望。

而事实上，她不是对他，而是对她想象中的另一个自己，她想让他完成的，皆是她在想象中已经完成的。自己能做到的，他也要做到，若无法做到，她便失望。

美剧《破产姐妹》里有一句戳心窝的话：你总是动不动就崩溃，就因为天不从人愿，事不从你心，人生就是如此，别总是期望太高。

动不动就崩溃的人，不只是十几岁的孩子，很多成年人也是如此，一点小事就崩溃，对，再大的事于旁人而言都是芝麻小事。除了至亲永别可以崩溃，其他都是小事不值得。话说回来，即便是至亲永别，余下的人生不还是要一天天地过？如果事事如愿，如果事事从心，仅“至亲永不离世”这一条就够了，可这一条能天从人愿事从你心吗？不能！

所以，只是一个人令你失望而已，有什么好崩溃的？每个人都是独立的个体，他人为什么要按照你自己期望的样子所做所想呢？一个孩子是从母亲身上掉下的一块肉，母亲怀他养他用整个生命爱他，他还不能按母亲期望的样子去成长呢，更何况毫无血缘关系的他人呢。

我们常常听到有父母对孩子说：你太令我失望了！可做父母的要知道，孩子来到这个世上，是要活成他自己，而非活成父母期望的样子。

于任何人而言，都不给过高期望，你要一分，他给你三分，你便觉得是开心的；而你要十分，他完成八分，你便觉得失望至极。想一想，哪种于你和他是合适的呢？

“人生就是如此，别总是期望太高”，心有期望，但不太高，实现一点，开心一下，胜过期望一次失望一次，尤其是对一个你自以为很重要但后来发现也不那么重要的人。

写 信 给 自 己

亲爱的你：

你上一次因为什么事崩溃？

你对谁抱过什么期望？

你有令他人失望过吗？

眼里有光芒，心里有向往

她说，认识那么多人，想说话时，却找不到一个人。

我初看见她，脸上写满疲惫，像是跋涉了千里万里。我拥抱她，想说些什么，却又张了张口住了嘴。

我们往往是人生的好多大道理都懂，但轮到自己时，又如同囚中的鸟，进不得，退不舍。

不知要去哪里，城市里各种建筑，容得下说心里话的地方却是少之又少。我提议，要不去附近大学走一走，跑步，走路，或者就在校园里随便走一走。

她随我而去。上一次去校园里是什么时候的事了？连她自己都想不起来了。不知道为什么，她觉察到自己越来越健忘，别说“上一次”，即便是昨天刚发生的事，她都要努力去想还不一定能想得清楚。

一个越来越健忘的人，记得的总是想忘却不能忘记的事。

操场上，有一些人在跑步，踢球，弹唱歌曲。我要她跑两圈，一圈也行。她跑了几步，抬不起脚。我没说什么，只当她装满的心事太重。

我常常来，夏天的黄昏，还有很多个阳光很好的周末，坐在操场上，要么等风，要么晒太阳。有时候也打羽毛球，也帮将球踢远的同学捡球。

她听着，我说着，不知不觉围着操场走了两圈还是三圈。坐下来小憩，以为她要说些什么，可仔细听了听，除了两个字“真好”，我并没有听出多余的什么。

校园是个真好的地方，每个离开过的人都会想念它。校园里的人向往校园外的人，校园外的人羡慕校园里的人。

有什么好向往的？校园外的人拥有的，校园里的人早晚也会拥有。

有什么好羡慕的？校园里的人不是没有烦忧，可真正到了校园外，才知道那时候的所谓烦忧不过如此。

像她，走出校园好多年，烦忧像是随着年龄在逐年递增。没有男朋友时，以为有了男朋友就好了。没有房子时，以为有了房子就好了。孩子小时，以为孩子大了就好了。后来才知道“以为”只是以为而已。

部门小同事向她提出辞职，给出的理由是：日复一日的工作让人生觉得枯燥。

她挽留：大多数工作都是日复一日啊。

小同事又说：部门新来的同事都喊我姐了。

她说：我不一样？

小同事说：你不一样，公司离不开你，你成功了。

她想告诉小同事，就是上周她还在夜里辗转反侧要不要辞职，哪里有谁离不开谁，地球离了谁都是照样转动，更别说一个公司。以为离不开自己的，多是把自己看得太重。

她常常觉得自己活得很失败，却在他人眼里是“成功了”。她问小同事：在你眼里什么是成功？答：像那个谁谁谁挺成功的，和我年龄差不多，已经买过房了。

她不禁哑然失笑，很想从过来人的角度向小同事讲一些所谓的人生道理，但想了想又住了口，年轻人一心只想往前飞可以理解，自己又不是没年轻过。

她觉得人生无解，甚至去寺庙求签。僧人问她为何而来。她说，不知何去何从，想辞职又没有勇气，毕竟不是二十多岁说起再见那么容易。僧人没有正面回答，问她是否有一个儿子。她答，是的。又问她儿子是不是学习不稳定缺乏毅力。她答，是的。再问她是不是多次对他的期待都是落空。她答，是的。

除了工作，儿子的问题也是难题。她以为终于找到了解自己的人，句句击中内心，所以从未有过的虔诚。谁知僧人话锋一转：这些问题不是无法破解，今日你我有缘，赠你开光的貔貅，你可请回家去放在书架上朝北的位置，价格不等，有一千多元的，两千多元的，三千多元的，你看选哪个？

原来如此。

她落荒而逃，空手而归。后来，她想，十几岁的孩子，谁不是学习不稳定又缺乏毅力？哪个父母不是对孩子有期待又多次落空？

她继续过着自己的生活，也不知道是不是自己喜欢的，反正一天天地就这样过去了。

她走在我身边，不时叹气。我说，不要常常叹气，人家不是说过了嘛，叹气的时候，好运气就会随之溜走的。

她笑了笑，说以后要少叹气。可一个人常常做一个动作，慢慢就会成为习惯，比如她不自觉地“唉”一声，又一声。有时她有所察觉，会叹气后立即捂上嘴巴，她说，难怪总觉得自己运气不好。

我说，运气不好，就试试勇气，给自己勇气面对每一个难题，而不是自怨自艾；给自己勇气把日子过得有声有色，而不是过着今天懊悔昨天担忧明天。

她认为自己不是勇敢的人，想过死，认为死是人生数个难题最好的解决办法，可以一了百了，但她没有勇气去死，就在她来见我的前一小时，她还和自家先生大吵了一架，车子行驶在高架桥上，她拉开了车门，想要纵身一跃……

校园里没有高架桥，没有快速行驶的车辆，我与她并肩走着，校园不大，有条著名的樱花大道。我说起春天时这两棵是绿的樱花，那几棵是白的樱花，还有一些是粉的樱花，花期短暂，但每一棵每一朵都在用尽全力地盛开着，因为对于它们来说那是它们的一生。

我对她说，记得在外面嘈杂的世界里待久了，到校园里走一走，看看青春，也回想一下当年对未来满是向往的自己，我们约好明年春天来一起看樱花可好？每当你觉得难过甚至快要活不下去时，想想明年春天你和我还有一场关于看樱花的约定。

她点头，说，好，那时候一定很美很美吧。

嗯，不管怎样，心里有向往就很好啊！

写 信 给 自 己

亲爱的你：

你难过时想起的人是谁？

你认为什么样的人才会被定义为成功？

你对未来有什么向往？

加油啊，亲爱的自己

你 15 岁时有没有憧憬过 20 岁时的样子？

你 20 岁时有没有憧憬过 30 岁时的样子？

你在新的一年开始时有没有憧憬过一年结束时的样子？

又到年终，聊天都绕不开一个话题：这一年你过得怎么样？

朋友之间聚会，多非正式场合，嘻嘻哈哈，说话也没个正经：

这一年过得怎么样？也就那样！

这一年过得怎么样？小孩子才去盘点，我只看盘缠。

这一年过得怎么样？浑浑噩噩，混吃等死。

这一年过得怎么样？唉！

这一年过得怎么样？我能说凑合吗？

……

再有几杯酒喝下去，个个开始掏心掏肺，未言语，先长长一声叹息，像是给在座的人和自己一个交代——

——这一年，一言难尽，如果用一个字总结，那就是“快”，年初生了一场大病，现在想想感觉像是发生在上个星期的事。

——这一年，创业不易，每个月都在东挪西借，每个月都在奔波找项目谈合作，每个月到给员工发工资时都觉得快要熬不下去了，可竟然一个月又一个月挨到了年终，连自己都佩服自己，终于把今年熬过去了。

——这一年，一个字，忙！前所未有的紧张，单位搬得远了，每天坐地铁转地铁，只剩下天天在路上奔波了。

——这一年，想起来的就是加班，从来没有看到过夕阳，每天下班回家的路上天都是黑着的，没有生活，只有无尽的工作。

当然，不是没有收获——

大病痊愈的人说：更懂得珍惜了，尤其是自己的身体，减少了熬夜的次数，做不到每天早睡早起，但至少在改变自己，开始运动、跑步、游泳，应该感谢的是身体在年初给了自己警告。

创业不易的人说：这一年更坚强了一些，夜再深再长，永远期待第二天的太阳照常升起，只要有明天，就会有新的办法，一直坚信，办法永远比困难多。

挤地铁的人说：这一年考了驾照，至少学习了一项新技能，计划明年买辆车，这对于之前对车完全无感的我从来都是不敢想的事。

一年不长，也就三百多天，想做的还没有来得及做，想实现的还没有来得及实现，但总是有那么一些人，去学习，不管是学习专业知识，还是业余摄影，只要学习，就会觉得充满斗志；

有一些人，去蜕变，过去一味执着的现在学会了放手，并积极地去寻求解决之道，不说华丽转身，只不再是原来固步自封的自己已有所慰；

有一些人，去行走，总是畏首畏尾，但真的出发了，在路上永远好过止步不前。

有朋友患了年终焦虑症，总觉得一年到头收获无几，如果说年初是由自己主演的这个故事的开头，那么她只是猜中了开头，却没有猜中结局，生活没有剧本，每天都是现场直播，年终回望，这一年的剧情发展完全不是当初所设想。

人人都在说成年人没有一个活得轻而易举，事实上十几岁的学生也很难，很早起床，很晚睡去，上不完的课，背不完的东西，做不完的作业，老师盯着，考试等着。

如此，才会一边对现实强忍苦撑，一边对未来充满憧憬。

有人说：15 岁时憧憬过 20 岁的模样，16 岁时憧憬过 25 岁的生活，对不起哦，那时的自己，我没有活成你想象的模样，生活太难了！

对不起哦，那时的自己！真是扎心！年轻时都是活给别人看，活得有负担，后来发现不为别人了，就为自己。可是，30 岁的人说：我以为我活成了 20 岁时憧憬的那样，可发现还是很辛苦。

谁又不辛苦呢？

请把“对不起哦，那时的自己”换成“加油啊，亲爱的自己”，再难也要过下去，再辛苦也要走下去。

崭新的一年即将来到，不管新的一年是不是能变好，至少我们要先把自己变好，做辛苦又努力的自己，能看瓢泼大雨，也能看旭日初升，到年终时能够由衷地对自己说出一句：

很爱这一年呢！

写信给自己

亲爱的你：

你有在年终时盘点的习惯吗？

你感觉这些年你最辛苦的是什么时候？

你是如何度过这些苦日子的？

Chapter 2

美好的事物，看一遍，爱一遍

面对世间美景，

有的人无视而过，有的人心存感激，

区别就在于心中是不是有美存在。

无物不美

那日下午被临时派去一人家谈事，本不相熟，好在主人热情，等他人来的间隙，她沏茶给我喝，蓝的杯，绿的杯，齐齐地立在那里，茶水被主人一入杯，杯口立即浮起一缕薄烟。

我正坐着，见状起身，说谢谢，也说好美。拍下瞬间，拿给主人看，她说，喝了多次的茶，只知茶香，不知茶美。

我也坐着，看了好大一会儿，一直到他人来，笑声打破了沉寂，我握起杯子，茶水入胃，只坐着，听他们说，也觉得半个下午不被辜负。

总有一个瞬间或总有一件小物能打动我们的心。

还有一次，被派去一个应酬，我去得早，等人来，看到窗边有小桌小椅，阳光不偏不斜地倾洒在桌上的果盘里，青色的香梨，红色的苹果，橙色的小橘，同放在玻璃器皿里，色彩饱和，十分好看。

我拍了照留存，觉得为它来一趟也算值得了，不禁在热闹中暗自欣喜了一会儿。

当晚，我发了照片给同应酬的人，他说：好看，是哪里？我说：今天一起去的地方啊。

若非工作所需，没有一个人会喜欢应酬，但世间再寡淡，也会有其亮色。

有一年跨年夜，参加一个诗歌朗诵会，被邀的多是名家，大家从头到尾都听得饶有兴致，接近尾声时，临时邀请现场观众上台朗诵。

有一其貌不扬的男子，立于台上，说话结结巴巴，不知所云，大家听得兴味索然，又不好让其就此下台，无奈任由他独自说去。

我也觉得无味，直到他说了一句“我终生的梦想是做一个养花人”，我顿时将他细细看了几眼，连他接下来的话都认真地听了下去。

活动结束后互加了微信，居然还成了朋友，我也慢慢见证了他一步步地从养一朵花到养一棚花的过程。

后来聊起跨年夜时对他的印象，我说，我们常常以貌取人，以为我们肉眼看到的就是真相，殊不知在那样一个特殊的夜晚，一个成年男子愿意独自跨越大半个城市坐在角落里听一场诗歌朗诵会，本身他的心里种着的不是诗就是花。

有一段时间，我跟着孩子上晚课，在教室里一坐就是两个多小时，仅坐着就觉得腰酸背疼，渐渐听得枯燥，又不得不去。

一晚上课，刚进教室，看到讲桌上多了一清水瓶，瓶里插着花枝，没闻到其芳香，只是觉得当堂课因此生动了些许。

也是那次应酬回程路上，看到路边一大叔，蹲着，笑着，只为拿着抹布擦拭一辆老式自行车。这一下，那一下，车把，车筐，车轮，就连细细的车条，也要一点一点地擦拭。有人围观，他也不管，只顾笑笑地做着自己愿意做的事。

有人不解，问他，他答：把车子擦干净，在路上骑着车心情都是好的。

我走了过去，又折回来，站在那里一直看他擦完，再看他直起腰来心满意足地对着车子端详又端详，好像那不是一辆普通的老式自行车，而是一样弥足珍贵的值得他认真对待的宝。

待物，如待人。我愿意停下匆忙的步伐，去欣赏一事一物，也愿意和惜物之人结伴同行，哪怕只是在路边随便聊聊，也觉得在那一刻，一颗心被郑重地对待了。

写 信 给 自 己

亲爱的你：

你最近为什么心动过？

你拍过的最得意的一张照片是什么？

你认为自己为这个世界增添了什么色彩？

不如去看湖

想去看湖。

他说，好啊。

坐了很久的车。这个城市少水，湖在城郊，大到无边，远远看去，以为是海。

小孩子一样扑过去，心里雀跃不已。真的走近了，脚步又慢了下来，怕一时惊扰了湖的静谧。

湖水真的静。静到涟漪都是微微的、淡淡的，微风暗恋它，又想撩它，又怕伤它。

没有想着一定要做一件什么事，就只是湖边散步便好。慢悠悠地，一边看水，一边说话。

说些什么呢？看到一树洁白梨花，丢下湖，笑笑地跑过去。面对美好事物，人总是擅于见异思迁。

在花树下仰望，真是好看啊！隐隐觉得连自己都成了花一朵。

给他讲小时候。年少的时光简单而美好，但当时并不觉得，反而是希望自己快快长大，大到可以随时离开家，自由地去往外面更大的世界。

十二岁以前，家有杏林，春天满园都是杏花。每天放学，我拎着小席子到杏林，完成大人交代的任务，看着不让周边顽皮的男孩子们折花，实则杏花树下卧眠枕书，风一吹，花瓣落到发上书上，还有半深半浅的梦里。

另一头是梨园，每天上学放学必经之路。小少年是体育生，跑得快，人称“飞毛腿”。因和小少年同桌，我常被女生嫉妒，大家都喜欢“飞毛腿”。

我也是喜欢的吧，要不怎么一直记得，他放学时从梨园中心小径跑过时，如同风恋上了花，花恋上了地一样，花瓣纷纷飘落……

少时的记忆里盛开着淡粉的杏花和纯白的梨花，想一想都觉得真是美啊！如果我们拥有美时知道是美该有多好！

他听着，笑着，和我一起坐在梨树下回望人生来时路。

要说这人生漫长得也看不到边儿，却又短到几十年过去又像是一晃眼的工夫，过去那么久的事，再讲起依然鲜活如昨。

他也讲他的小时候，也不小了吧，十四五岁的样子，只不过如今说起那时候觉得好小好小。

他那时脸上有痘，额头、脸颊，本是青春一种，却处处自卑。班里组织春游，少年们蝴蝶一样蹁跹在前，唯他远远落在后面。有脚步声越来越近，他抬头，看到跑起来马尾辫一甩一甩的女孩子正朝他而来。

她问他，怎么了，是不是不舒服？他想说没有，却话到嘴边又一时住了口。她说，如果不舒服，就不用那么急着赶路，我陪你慢慢走。

那是他最不能忘记的春游。一直到一些年之后，一到春天，他就想起是不是要进行一次春游，看是不是能遇到愿意陪他慢慢走的女孩。

也没做什么，就是这样慢慢地走了小半个下午，直到远远听到集合的哨声。他们路过一条河，河水清澈，她从书包里扯下一张纸折了纸船轻轻放到水面，两个人什么也没说，就只是目送着纸船顺水漂流，直至不见。

卑微少年的青春记忆本就单薄，想起来也只有折纸船的女孩，她现在过得是否还好？想知道，又不想知道。

起风了，暮色中有了凉意，我们低头看湖，水面上映出我们简单本真的样子，一起来看湖的成年人，没有讲工作的压力与生活的困顿，也没有抱怨和叹息，而只是讲了讲年少那久远而单纯的好时光。

以至于我在回程的路上就在想，下一次再相见会是什么时候呢？

写信给自己

亲爱的你：

你最近一次看风景是什么时候？

陪你看风景的人是谁？

你有没有和他人有过一次美丽的约见？

好的事情正悄然发生

已经快过去一天了，我依然记得昨日的天空。

一抬头，我近乎被惊到，大片的云，澄澈的蓝，像是人间完全不知情，空中发生了什么大事，云急着四处奔逃。仔细一看，又不是，分明是小学生云在天空这所学校关闭了一天，大门一开，终于自由，想去哪儿去哪儿，这一团，那一簇，自由，烂漫，无拘无束。

在美的事物面前，我总是词穷。看到一朵花开，“哇，真美”。看到云也是，“哇，真美”。不像看到某件美裳，会觉得它款式时尚，面料柔软。也不像看到某个美人，不是眼睛好看，就是头发喜人。

这样也好，没有任何依据，若问哪里美，一个理由也说不出，就是觉得，“哇，真美”。美的事物入了眼，美的感受入了心，便好。

云是黄昏才来。它多善解人意，知道白日世人忙碌，无暇顾及其他。如我，一整天在办公室，空调清凉，不知室外春秋冬夏。黄昏时在厨房煮饭，偶一抬头，看到云挂在窗前，顿时愉悦了些许，连煮出来的饭都入味了几分。

要坐在露台上吃才好呢。木桌木椅，孩童围坐，一边低头吃饭，一边抬头望云。夏日里有微风便是好天气，清爽，舒适，花儿开它的花，葡萄结它的果，天空蓝它的蓝，云朵白它的白，孩童叽叽喳，我心静悄悄。

拿出手机，仰首拍下几张天空的照片发给一个人，像是摘了几朵云作为赠礼。多时，未收到回复，怕刹那的美会转瞬即逝，犹疑着要不要打一个电话。股民错过了最大的涨幅，球迷错过了精彩的进球，多遗憾。于是，电话拨过去。

对方低语：正开会。

我说：没什么事，想让你看看天空，好美。

几秒工夫，像完成了一件重要的事，手机搁置，心无旁骛，看云，看孩童一言一行，一颦一笑……

时间无声流逝，仿佛是刚一低头，再抬头就看到夕阳染红了半边天，云挤挤攘攘地围在周边，像是知道明天彼此再相见，云不是那朵云，红日不是那个红日……

再晚些时分，搬了小床到露台上，躺在夜色中，晚风清凉，望天空，一切静默如谜，依稀记得那一场盛大的云，恍若梦境。

昏昏欲睡之际，电话响，是收到我照片的人，只听见：刚忙完，谢谢你。对云只字未提。

看表，已九时。无意看到漏掉的一条信息，点进去，朵朵云后有女孩留言：下班路上，云很美，想让你知道。

我回复：谢谢你，好美，我也曾抬头看云。

不言不语，告别夜空，回卧室，孩童睡得香甜，台灯下，我一边看书，一边轻摇蒲扇，不知为孩童送去微风的同时，会不会送去一个关于云朵柔软而洁白的梦。这样想时，总觉得天亮之后会有好的事情悄然发生……

写 信 给 自 己

亲爱的你：

你是天空爱好收集者吗？

你还记得昨天最精彩的瞬间吗？

你希望有什么好的事情悄然发生？

步履不停

无事可做的时候，去走一条路。很长很长的路。

你不知道尽头，也不知道方向，只是走下去，走下去。

伴随你的，是树，自顾自地绿着，寂静不语。

很多树你都叫不出名字，有大的，有小的，有粗的，有细的。

一开始你会用手机软件去识别，扫一下，记一个名字。渐渐地，你认为，知道它是树就好了。

心无负担。心无牵念。心无旁骛。

偶尔有鸟，飞过林梢，一眨眼就不见。你不看它，随它去，这本是它的天地，自由又自在，想飞哪儿就飞哪儿，想落哪儿就落哪儿。

你也如一只鸟。鸟在天空中飞过，未留下痕迹。你从地面上走过，亦未留下痕迹。相同的是，没有指引，没有方向，见路就走，且想走就走，想停就停，自由又自在。

不必看他人的脸色，不必照顾他人的情绪，不必听从他人的安排，只跟随自己的内心。

偶有人迎面路过，个个含笑。因为人太过稀少，顿觉面目亲切。此时此地遇此人，也算是有缘人了。

没有水，没有山，一切不是景，又一切是景，一直记得那句：只要心中有景，何处不是花香满径。

花也少，只碰到一株玛瑙石榴，开着小朵的花，娇羞地红着。城里的石榴已从青到红，只等人来品尝果实的甘甜。不像这一株，你结你的果，我开我的花，你不嘲讽我，我不羡慕你。

有桥，不止一座，起着洋气的名字，一个也记不住，也没想着去记，走过就走过了。

有小姑娘，穿白衬衫，束马尾，简单轻灵。她自己走，似一只白蝶，她喜欢蝴蝶，所以总看得见，一会儿是黄蝴蝶，一会儿是花蝴蝶，她追逐着，是孩童的样子。

没有一个大人去追一只飞舞的蝴蝶。

大人有大人的事，比如爸爸，将小姑娘举过头顶，坐在肩头，不，是山头。他是山，她是云。他们走着，走着，小姑娘回头，一脸的灿烂。你问她看到了什么，她说，很远很远的地方。

总有一天，这朵云会飘到很远很远的地方，爸爸的山头越来越低，可再也驮不动了她。他们还会一起走一条很长很长的路，这样的路会很多，一起走的时间却是少之又少。

你不舍，不舍得小孩长大，不舍得大人老去，不舍得夕阳西下又一天从生命中流逝。

林深叶密，夜晚不宜久留，太阳落下，倦鸟已归，你也该要回家。要不再走一会儿吧，不然，就停下来，在一棵树下看落日，看它浑圆，看它若隐若现，看它渐渐亲吻地面，看它不见好似永远再也不见。

你在树下看落日，树也看。此刻，你谁也不羡慕，只羡慕这棵树。它接受风雨，接受阳光，但它无思想，不懂人间悲欢，更不知离别之意。

可是，生而为人，如果这些都不知不懂，活着又有什么意义？那就谁也不羡慕了，树做好它的树，你过好你的人生，忙时忙到忘我，闲时闲到去看一棵树，去走一条路，去看一轮落日。

你不觉得所做的这些都是无意义的事，它已经化成涓涓溪流成为你生命的一部分，不然，已经过去了一些时日，你再看那天步履不停的照片，为何总是感觉到树叶间风的清澈味道又一下下地吹了过来呢……

写 信 给 自 己

亲爱的你：

你无事可做的时候如何打发时间？

你有认真地观察过一棵树吗？

你上次看落日是什么时候？

跟好天气道一声早安

院子里的桃花开了。

我在信里把这句话写给你时，就像急切地要告诉你一个好消息一样。

可是，信还未寄出，一夜之间，杏花开了，樱桃花开了，玉兰花开了……我又将信展开，想要都写进去，可这一朵那一朵的，又不知道到底该告诉你哪一朵才好。

前日看到一异性朋友发的摄影图片，图下有字：天桥、凉亭、溪边、摩天轮……我走过的地方开满了小花。

未曾谋面，但因了这句话，瞬间觉得他甚是可爱。

有些人，总是想去见一见，在春天这个心头一绽就会花开的季节，若一定要问相见是否有重要的事，想一想好像也没有，就是看一看走过的地方开满的那些小花。

春天里，想要做的事情很多，可又不急，总觉漫长辰光，够用。不如，仰着头，看花，看风筝，看天空，即便不看这些，也觉得一年刚开始，万事万物都生机勃勃，什么都是很有希望的样子。

一个朋友哭着对我说：该怎么办？面对未来，我没有了信心，你能不能每天早上给我发一句加油的话？

我明知道一声加油并不能起到什么有效的作用，但自他说过之后，我每天早上都给他发一张自制的卡片，上写：

早安春天

你看到的是一树花开

看不到的是它为此熬了一冬

早安春天

又到春天了，真好

一切都是很有希望的样子

……

你呢？是需要别人的加油声，还是给别人在喊加油？

忘记是谁说过了，要做那个轻易被点亮的人，这样自己也会轻易点亮别人。不论长到多大，内心要柔软，动情处流泪，开心时微笑，春天有花爱花，夏天有月爱月，拒绝成为麻木的人、淡漠的人、什么都满不在乎的人。

别人家缠万贯，我没想着去见；别人说“我走过的地方开满了小花”，我想立刻寻他，一颗心该如何柔软才能说出这样一句话？

还未见，我说出这句话时心里已经开满了小花，我看不清楚它的样子，不知道它是桃花，还是杏花、樱花、玉兰花，只要是小花就好了，一朵一朵开着的都是喜悦。

春天里都是想见的人，如花树一株，积攒了一冬的力量，就只为在春天绽放给想看她的人。

如果你见到她，别忘记给她道一声：你好啊！

如果你见到好天气，别忘记给它道一声：早安啊！

如果你见到需要鼓励的人，别忘记给他道一声：加油啊！

如果你见到这封信，别忘记道一声：谢谢啊，你的到来就是一首关于春天的诗。

写信给自己

亲爱的你：

你是一个被轻易点亮的人吗？

你给别人鼓励的方式是什么？

你常常从何处获得力量？

走一条不一样的路

一条路走得多了，便会生出倦意。即便未生倦意，也是要么匆忙赶路，要么机械地走着。最怕机械，连自己都未曾发觉，走着，走着，一抬头，哦，到了。

直到有一天选择了不一样的路。终点是一样的，不一样的是路，好像一切都不一样了。

这条路和常走的那条路相比，不宽阔，不繁华，没有高架桥，没有快速公交站台，可是它有的，那条路没有，比如绿树浓荫。

夏日里最怕骄阳，这条路没有，有的只是从叶间倾洒的细碎阳光。小片的叶，薄而透明，抵不过多，路两侧，一棵挨一棵，是洋槐，像是联了姻，分植在路两边，原本是遥遥相望，却因生得茂密，在空中聚合，这一棵连那一棵，那一枝搭这一枝，不分你我。

幸福的是走在这条路上的人，哪怕最炙热的天，也不必慌张赶路。即便是早上上班高峰期，也是见时间在这里慢了下来，车少，多骑车，不抢不堵，丁零零清凉一路。

我走在这条路上，一路带笑，若有人迎面看到，还以为我心有甜蜜。也没什么，只是今天选择了不一样的路，且让我明白，有欢喜心，方得清凉意。

我停下来，拍照，镜头里满目清凉。发了朋友圈，一张图，一句话：今天，走一条不一样的路。

有人一眼认得出，准确地说出路的名字。

有人讲起路的故事，说她以前喜欢过一个人，有天晚上他送她，在这条并不长的路上走了两个时辰，那晚他第一次亲吻了她。

有人说，他以前下班常走这条路，路两旁有不少精品店，他常在里面挑选女朋友喜欢的小物件，后来分了手，他也辞了职，很久没再走过这条路。

有人说，上下班的必经之路，热时，树挡了阳光，雨时，树遮了雨水，喜欢极了。

一条路而已，生出这么多故事，还是因为有了感情。再走这条路，便不一样了，好似路上走着的每一个人，都能讲出和它有关的故事。

也不只是这条路，每一条路都是，它承载着光阴、情感、希望、失落、眼泪、喜悦……原有的单位早辞职了，路还在；爱着的人早不在了，路还在；相伴过的朋友生疏了，路还在。

想起一个朋友，彼时要好，她单位在这条路上，家也在附近。我跟她去过单位，下了班和她一起回家。也是夏日浓荫，我们手挽着手，说着笑着，以为一条路能走上许久。

不知道为什么，也许是因为有了什么误会，两个人突然就生疏了，不联系了，不见面了，一直到杳无音信。

想过去找她，又不远，不知她是否还在原单位，这条只是理由，不知道再见她，她是微笑还是沉默，这才是重点。

想着，走着，一转头，突然在路的一侧看到她，还是彼时模样，连着装风格都没变，手里挽着别的女孩，说着笑着，像当年她挽着我时一样。

想大声喊出她的名字，不管之前发生了什么，此刻，我只想隔着车隔着人，亲切地呼唤她，她回头，管她是微笑还是沉默，我只管踏着细碎的阳光，跑过去，拥抱她，对她说：好想你。

可事实是，我驻足，看她的背影，越来越远，越来越小，自己却未迈出一步。

没有人催促，没有车鸣笛，我像是恍惚在梦中，转身前行。谁的心里会没有惦念呢？如同哪一条路会没有故事呢？如此想来，也觉得没有什么了，毕竟，一条路走到尽头，便是新的一条路了。

写信给自己

亲爱的你：

你有关于一条路的故事吗？

你换一条路走的感受是什么？

你此刻最惦念的人是谁？

美好的事物，看一遍，爱一遍

去看玫瑰，听说满园都是。

春天时看过满园的月季，一朵朵，一丛丛，满园子都是，多了，也就不稀罕了，只是走啊走，看啊看，逛了一圈，到头儿了，人就走了。

玫瑰到底是不一样。男子送女子，一束月季抵不过一朵玫瑰。玫瑰会说话，张口就是爱，哪怕只是一朵。

更何况一园子的玫瑰呢。

一进门，闻到香，果真是玫瑰园！又推开小的门，一边是草坪，绿得干净；一边是玫瑰，开着，不多，看得过来，不仅看，还要闻，还要站到花丛里，不说，不笑，就往那儿一站，拍一张照，已是美艳。

玫瑰有刺，我穿了长裙，它扯我裙角，不舍我走，我再抬脚，它便刺我。想必是怪我薄情，爱了它，看了它，又甩头就走。

想不了太多，因为啊，前面花廊仅看一看走一走就足以让人心里满满的。想一个人的名字，每个女子想必都会如此，想他应该带着她来这里，他在花廊的那头，她在花廊的这头，花廊的一侧是亲朋，一侧是玫瑰，她穿着洁白的婚纱，缓缓走向他……

然后，他带她在偌大的园子里漫步，牵着她的手，说些甜蜜的话，不怕玫瑰听了去，玫瑰的存在本身就是甜蜜。

走累了，就在另一条花廊下小憩，他看着她，她看着他，好像认识了好久，又好像刚刚认识，除了风，没有人打扰他们。即便有人，也不会多看一眼，因为光花光果都看不完了的。

果有柿子，青的，黄的，稀稀落落，正走着，忽然来了一棵，想摘一个，又怕都如此，你摘一个，我摘一个，再来的人就没这眼福了。

果有山楂，青的，红的，小的果挤挤挨挨，把树都累弯了腰。果有南瓜丝瓜葫芦，吊在另一条花廊上，以为是假的，仔细一看，人家本是真心，怪自己多心。

玫瑰在哪里都好看，不管是在果的中间，还是在树的两边，自顾自地开着，不多，不招摇，风来，就迎风，人来，就看人，自在得很。

只记得说玫瑰，忘记了那对新人。嗯，新人坐在那里不走了，把情话说了一遍又一遍。新娘说，玫瑰的那一边是儿童乐园，以后有了小孩儿，我们还来，小孩儿玩乐园，你看小孩儿，我看玫瑰花；新郎说，好啊好啊，今晚回家就生。新娘羞红了脸，用小拳捶新郎。新郎忙笑指一朵玫瑰，快看，它在笑我们呢！

路过的风把这甜蜜的话偷偷听了去，告诉了每一朵花。花儿们像商量好似的，一边笑着，一边招手着，像是说，要来要来，明年，后年，春天，秋天……

原本计划的还有其他园子，但这一个园子就用了大半天的时间，不是园子大，是人少，是花香，是我心里住着浪漫。

回家，归途中看到落日，在黄河之上。

随行的小孩儿催着要走，黄河都已经看过了的。我说，等着看落日。

又不是没看过，可仍觉得，这世间，凡美事幸事有一次就要看一次。

这个季节，黄河之水比任何时候都多，又流得急，甚为壮观。面对滔滔之水，亦不免觉得人的微小来，若不小心失足，如一片叶，霎时不见。是人都一身烦恼，昨天的，今天的，明天的，真是不该。

不如铺了一张薄毯，有吃的，有喝的，有美事幸事值得期待，多好。

落日天天有，并不是人人都看得到，看得到的人，都是值得庆幸的，也是幸福的人。

吃着，喝着，落日开始有了落日的样子，圆圆的，红红的，水面上都是金光，当然还有一条缎带，这会儿黄河之水已不是壮观，而是美妇人，金色的缎带束在腰间，窈窕几步，惊艳世人。

好想伸出双臂去拥抱，也不知道是拥抱什么，是向晚的风，是夕照的光，是凉爽的秋意，还是浑圆的落日。

正举杯喝水的小孩儿说，太阳累了一天渴了，它想喝水呢。

呀，是的，是的，在孩童的眼睛里，它像她的小伙伴一样，会饿，会渴。

也许它真的是渴了，它又慢又快地接近水面。慢，是正感受到它在一点点地移动；快，是喂小孩儿喝水，正低头的一瞬间，再一抬头，它便不一样了。

忽有小船从岸边驶出，单船单人，人手中的线一拉，船像受了惊，嗖的一下窜了出去，向着明亮那方。

是要接落日回家吗？如果不是，何必那么慌张？管不了那么多了，因为怕稍一开小差，不，分明是怕稍一眨眼，便再也看不到了。

有人在身后叽喳着说话，回头，竟然越来越多的人，排成一排，望向落日。

这么多人看它！美妇人害羞了脸，回家了，回家了。许是看它的人察觉到了什么，个个都噤了声，屏住呼吸，怕是惊扰到这瞬间的惊异的美。

终于，从圆，到半圆，到小半圆，到小小半圆，到一线，到一点，到……啊，啊，马上就什么也看不见了！

小孩儿说，妈妈把它吃掉了。

呀！原来它不是去了别的地方，是小孩儿眼里最爱的人把它吃掉了。

终于，一点也没有了。明明人家落下来是寂静无声的，可刚才那一会儿工夫怎么总是感觉水面上是喧腾的。不过，这会儿，真的是寂静了，静到听不见水声滔滔，静到心里空落落的。

好在小孩儿惊叫，指着背对的方向：看，月亮！

太阳和月亮若在凡间，一定是两个相爱却不得的恋人，永远相望，却又永远无法在一起。而对于我们凡人，这样也好，免得去了一个正怅惘，又来了一个，平添了几分欢喜。

回家的路上，看了一路的月亮，小孩儿一会儿说，月亮不见了，它去人家里玩儿了；一会儿又说，月亮又来了，它喜欢我，我走到哪儿它跟哪儿……月亮又不见了……月亮又出来了……

在孩童的欢欣里，我早忘了落日，眼里心里尽是明月，真是太喜新忘旧了。不过，这个时候，喜新忘旧也是好的，这样才能时时发现新的，喜欢新的，满眼满心都是美好的事物。

写 信 给 自 己

亲爱的你：

你最近感受到的美好事物是什么？

你认为的世间美事是什么？

你最想和谁分享这些美好事物？

人间好时节

路遇他人，问我，跑那么快做什么？我答，收书。也不管听不听得懂，只管径自跑去。

这老天，好比女人脾气，说变就变。只一小会儿工夫，晨读时还蓝天白云，小小露台，花草安好，清风送爽，执一本书，坐下便不想再起身。偶尔抬头，觉得应该学画，画下风吹散的云，画下半开的花，画下小憩的雀……想做这想做那，想一小会儿，又放置许久，好多辰光又过去了。

没觉得有什么变化，仅到公交车站送人的工夫，刚要折身回来，惊觉已狂风四起。间或有小雨点，凉凉地触身。等我啊，我的书还在露台上。若普通书也就算了，只当是小雨点喜它，也想挤攘着看它到底写了什么。可这书不同，它是心爱之书，我要护它周全，万万不可淋它身……

想起小时候，急匆匆地赶路，外面晒了谷物，本摊出去让太阳多晒，却又引来雨。紧跑慢跑，人要赶在雨前面。人哪里有雨速度快，但常说老天有眼，它见人气喘吁吁，不免忍住雨水一滴滴。

这次也是，我一心收书，气喘吁吁跑回家，上露台，桌面已有小雨点，书摊在那里，风吹得一页页的哗哗响。是风好学呢，还是雨好学呢，一页页地胡乱掀起着，不知道看哪页是好。

你们只管看去，只要不伤它，我坐下来，一边喘气，一边看风，看雨，看书一页页掀起。

住了，住了，雨住了，云走了，雀飞了，只留风。不，还有我，和我的书。

望了望天，桌椅搬了搬，搬到葡萄架下，落了小雨也不被惊扰，只管坐在风里看书，写字。

同在风里的，还有晾衣绳上摇摇晃晃的衣架，不是稀奇的物什，风吹雨淋太阳晒，常年挂在那里，尝尽人间风雨。

不能什么都觉得珍贵，不然全都挂念于心，人生过起来太累。

如今多看它几眼，洗过的衣裙挂上去，摇摇摆摆像是替我跳了舞。

比起刚刚慌张的奔跑，此刻我安宁地坐着，若再有人问起我在做什么，我会答，看衣裙在风里跳舞。

不是身闲，是心闲。

没有看天气预报的习惯，雨来就是雨，风来就是风，若非念于收书，管它是风还是雨，别人急于奔走，我只管慢悠悠，又有什么呢，小雨淋了一点，只落得清凉。即便大雨，又非旷野，随处可躲。

昨晚在露台，搬了小床来睡，说是睡，哪里睡得着，孩童如鸟雀。我拿了蒲扇，送风给她。又唱童谣，一首接一首，都是有些年代的歌，我小时候也曾经这样，瞬间时光老去，仿若祖母。

从前的人多有记忆，葡萄架下，祖母摇扇，轻讲故事，哼唱古老歌谣，星星眨着眼，也偷偷听了去。我对小女说，也要你有这般记忆。

人若无记忆，活起来多贫瘠。

都是开始是好的，渐渐便成了不好。如这晚风，开始时觉得清凉，渐渐便觉得多了就不好了。冷了，冷了，嚷嚷着起身。哗啦啦，像电影散场，想永远活在电影里，也想永远活在此时此刻。

此时，此刻。曾听一人问起，你爱不爱我？答：此时此刻是爱的。

不说过去与将来，至少，此时此刻是爱的，真心真意。

那么，此时，此刻，我坐在露台上写这些字，对此时此刻的心境是爱的，真心真意。

风吹哪页是哪页，恰好在那本心爱的书上看到一则：艺花可以邀蝶，累石可以邀云，栽松可以邀风，贮水可以邀萍，筑台可以邀月，种蕉可以邀雨，植柳可以邀蝉。

小小露台，没石没松没柳，但一样可以邀蝶，邀云，邀风，邀萍，邀月，邀雨，邀蝉。原对这所房子不够满意，但今因露台，又对它多出了几分爱意。

好比，对一个人，总有一点你所爱的，所以最终接受了他的全部。

也好比，这天气，纵使它曾狂风暴雨，飞沙走石，至少此时，此刻，它是我爱的，便是人间好时节。

写信给自己

亲爱的你：

你最喜欢住处的哪一部分？

你喜欢的人最大的优点是什么？

你印象最深的夏天是哪一年？

温柔的晚风，
你要去哪里

我们总想去外面的世界看看，渴望着有一天去旅行，殊不知远行的机会并不是像我们想象得那么多。大多数时候，我们常留在原地，忙着好像永远也无法忙完的事情。

忙碌之余的下午，我被派往车站抱花接人。所接之人德高望重，从美国访问归来。他出行一路，见过许多美景奇闻，我坐他身旁，听他讲黄石公园树上的雪，圣地亚哥安静的睡莲，洛杉矶的浮生半日闲……

听着听着，我仿佛身临其境，不经意转头看车窗外，看到一朵朵的云，顺手拍下，恰好玻璃有蓝光，在这个再平凡不过的城市里，真正的天空本应如此。

我听着，看着，想着，再有归人，或者来客，我还会抱花去接。不管接的人是来到这个城市还是回到这个城市，他落地看到这个城市的第一眼是一束鲜花和将他的来处望了又望的我，想必应该会觉得这是个有爱的城市吧。

同样是下午，我前去新城区办事，新城区极为繁华，不常来，每次来都会迷路。乘了网约车，不是我记错了地方，就是司机走错了路，绕来绕去，半个下午的时间花费在了路上。

下车办事，又颇为不顺，仓皇离开，返程路上，也不管经过的是哪条路还是哪个街，靠着窗，宁愿就这样漫无目的地走下去，无人打扰，眼前只有无边的天空，和一幢幢看似一样实则不同的楼房。

这是我待了多年的城市吗？同样一个城市，以前无家无口，会觉得自己本就是这个城市里的过客。待有了家有了孩子，除了一年中有限的几次远游，再未想过离开这个城市半步，可为什么又常常对这个城市有种莫名的生疏感呢？

车子一直在行驶，司机师傅或许也觉车里气氛沉闷，打开了电台，听到轻柔的音乐缓缓流出：温柔的晚风，轻轻吹过城市的灯火，今夜的晚风，你去哪里，请告诉我……

疏离的一颗心顿时温柔了许多。

伴随着音乐，又听到电台主持人说：刚看到一听众留言，说是在超市看到哭着找妈妈的小朋友，带着小朋友到服务台找妈妈，后来看到小朋友扑入妈妈的怀抱眯起眼睛笑着的样子，觉得自己又爱这个城市了几分。

是的，连我这个无意闯入的听众听了，也觉得又爱这个城市了几分呢！

这个城市太多平凡人，不管城市有没有完全接纳自己。一次路遇小街，看到路两侧有细碎的淡黄色花朵铺了地面，风一吹，花瓣落在衣上发上，我也不拍去，任它落着沾着。路边停放的车辆上也落了一身的花，若我是车的主人，我不擦它拭它，就载着一车的小花满街跑。

远远看到有清洁阿姨在清扫地面，所扫之处又落了薄薄一层，我停下，笑问她这是什么花。她说，国槐，好看是好看，但扫起来麻烦，你看看，我刚扫了它又落下来，要我说，不扫也挺好看，可上面有检查的。阿姨说着笑着，想必她虽工作上麻烦了些，但也是对花有怜惜之心的。

凡是花，不管它是大朵还是小朵，不管是开在春天还是夏天，花期均短。所以哪怕下雨，若有时间，我还是会在下班时绕行到小街，看那风雨中飘落下来的小花，真是应了那句“细雨湿衣看不见，闲花落地听无声”。

夏天的雨说来就来，说走就走，一条街还没有走完，听到家中小少年打来的电话：妈妈，我告诉你一件事，我放学回来时，有一个小姐姐见我淋雨，她帮我打着伞送了我两个路口。

我听着，心下暖暖的，告诉他：以后你也要这样去帮助别人，以爱传爱。

挂完电话，一条小街走到头，等红灯过十字路口时，不经意抬头，我吓了一跳，雨后的天空蓝而清澈，大片的云朵孤独而自由地盛放着。我赶紧举起相机拍下来，刹那的美更值得珍存。

别的城市有花，我的城市也有；别的城市有云，我的城市也有。但我的城市有我的家，别的城市没有。这一点抵过任何。

忙完一天下班回家，吹着温柔的晚风，心想，就这样吧，能远游时爱途中的风景，不能远游时爱当下的日光。

写信给自己

亲爱的你：

你最近听到了哪一首触动你的歌？

你的城市哪几处细节最让你喜欢？

你是怎么理解“当下”二字的？

冬有冬的来意

冬有冬的来意。想起这句，便觉得冬也不是那么可憎的了。

不喜欢冬。觉得它冷，一条理由就够了。

对于冷，渴望爱的年纪里，觉得冷给足了爱的理由，比如冷了，用来取暖的，一只手，一个拥抱，甚至一块烤红薯，暖了身，也暖了心。

再不然，雪里走一走，沿着长长的雪路，就那样一直走一直走，从城市走到郊外，穿得又薄，也不觉得冷，还认为是浪漫。

住处没有供暖设备，连电热毯都没，一只燃煤小火炉，从早到晚，烧水煮面，靠它取暖过于有限。租住在阁楼，在顶层的顶层，四处透风，盖一床棉被，穿单薄的衣，没有宽裕的钱买羽绒服，也没觉得冬的难挨，或许真的是年轻有使不完的热量吧。

前几天听很多人在说恋上冬日，有人说，是因为冬有雪可恋；有人说，是因为爱的人生在冬日；有人说，冬让人平等，没有胖瘦之分；还有人说，有很多节日可盼，平安夜，圣诞节，新年，春节……

想想也是，生在北方，长在北方，家在北方，所有可爱可恋的都在北方，逃是逃不过，躲也躲不开，本就四季分明，该花开的时候花开，该落叶的时候落叶，该酷暑的时候酷暑，该冰雪的时候冰雪，多么个性，而非温吞吞，四季如一季，忘记季节更迭，以为过了今天还是今天。

倒不如领略四季不同，春有春的好，也有春的不好；冬有冬的不好，也有冬的好。

如此想来，便愈发明了“冬有冬的来意”这句话的深意。凡来到生命里的，人也好，季节也罢，都自有它的来意。

不如就此恋上冬。

冬不易，等了三个季节，且那三个季节不是热烈就是浓烈，色彩分明，冬却不是灰，就是白，静悄悄地，小心翼翼地，上了场登了台。

冬是尾声，别的季节有希望，有期盼，有收获，一季不行，两季，两季不行，还有希望，这一年还有时间。但冬一来，眼看日子到了头，该做的还没做完，该实现的还没实现，明明是急慌慌的，却又是灰扑扑的。

可是啊，冬可盼，如果夏是等风来，冬就是等雪来，等一场好雪，夜寒宜早睡，梦醒闻雪声，如果不能，落一场小雪也好。看呀，冬的节气里有小雪，多像一个人的名字，连冬也是。我有同事名小雪，小雪，小雪，喊一声，就觉得昏黄的路灯下，小雪纷纷扬扬，自头顶而下，煞是好看。也有表姐为冬，冬姐，冬姐，她也正巧符合了冬的气质，凛冽，刚强，家族里有男儿，她却堪比男儿，成家族顶梁柱。

冬可恋，恋上一个人的最好季节是冬，双双窝在一起，暖着暖着心就柔了，也就化了。想出去看一看也不是不可以，要牵着手，大手握着小手，再不然小手放进大手的大衣口袋里，走一下，挤一下。路上行人是少的，多了也来不及看，心里眼里都是彼此。

冬可待，也不用等待，该来的终会来到，圣诞节的苹果还没吃，元旦又带来崭新的一年，新年的劲头儿还没消，又到了春节，噼里啪啦爆竹烟花甚是热闹。谁说冬冷清，冬实在是忙得很哪！而我们在冬日里，实在也有太多的事可以做了。人一旦忙起来，就不会有工夫怨憎了，哪怕风雪再大，也要裹紧衣裳，去把手边的事一件件忙完。忙着忙着，不知不觉中，冬天就这样过去了……

更何况，朱自清写过的冬天是：无论怎么冷，大风大雪，想到这些，我心上总是温暖的。每个人心里都拥有着“这些”，所以，冬不但不可憎，而且还总是温暖的呢。

写信给自己

亲爱的你：

你最喜欢的季节是哪个？

你不喜欢一个季节的理由是什么？

你想起谁会觉得温暖？

想要了解美，
心中也要拥有美

去林间走一走，趁周末春光大好，趁天蓝得惊心动魄，趁树绿得清新怡人，有风，并不担心，怕去得早，花未开，去得晚，花已落。

还好，花等在那里，一棵棵花树，散落在林间，寂静地，镇定地，等待有人前往认真看两眼。

一树一树花啊，不管名字叫什么，梨、杏、樱、海棠，像邻家小女儿，朵朵娇艳。

不知哪阵风吹落了一朵海棠，小女孩想也不想就插在发间，她拍花，我拍她，甚是好看。

小女孩咯咯笑着，从樱花下跑过，也许是春风，也许是笑声，有花瓣从树间飘落。

我也想走上一走，从樱花园到海棠园，从海棠园到紫荆园，从紫荆园到丁香园，从丁香园到玫瑰园，哦，玫瑰一朵未开，没关系，身上已是花的香气，眼里已是花的缤纷。这满园的林，夏来过，秋来过，春是必定要来的，说是散步也好，赏花也好，来了就想盼望自己来生是一棵树，无论开不开花，都不动声色地站立于四季里。

有人骑单车驶过，有人举着帐篷走过，有人唤着小狗的名字走过，更让人频频回望的是那一对牵手的恋人，沿着曲折的山路走走停停，末了用剪刀石头布的方式，赢的向前，输的原地，晚霞快要染红了林，有心人猜想，他们是在用这样的方式将在一起的时间延伸得再长一点，再久一些。

曾有这样一个春天，约好了去看花，在一棵盛开着洁白梨花的树下闲坐，也没说多少话，只听他说：你一笑，全世界的花儿都开了。

后来看胡兰成的《禅是一枝花》，书中有句：她看着你一笑，你只觉人生像一朵花满满地开放了，世界上什么事情都没有。

原来每个男人生命里都拥有一个或多个这样的她，不同的是，有的久长，有的诀别。

相恋的人，在一起时要温柔，要常常笑，因为今天在一起的是“我们”，以后在一起的是“他们”。至少，在某个特定的刹那想起对方时，定是在笑意里带着温柔的讯息。

温柔的还有在大片的花树下读诗，一首首，孩子读了大人读。花瓣落进书页间，诗行里，读诗声被风吹得好远好远，有小朋友路过，站在那里听了一小会儿，然后捎着某句蹦蹦跳跳地跑走。

风是不是也一样？看中哪一句，就会捎上一程，从这一棵落进那一棵，整片林都成了诗意的林。

读的书是北岛选编的《给孩子的诗》，不是篇篇可读，也不是篇篇适宜孩子，但在春天的花树下掬诗而读，会让孩子们在逐渐长大的过程中明白，人应该诗意地栖居在大地上。

有一首德国小诗：走在熟悉的路上，我看见一朵小花 / 清晨，一切都那么美好 / 我把小花送给你 / 不为什么，只为这朵小花如此之美 / 我为我看到美而满怀感激。

面对世间美景，有的人无视而过，有的人心存感激，区别就在于心中是不是有美存在。

有人问我如何写出美文，我回复：想要了解美，心中也要拥有美。

写 信 给 自 己

亲爱的你：

你有没有在花下读过诗？

你心中也拥有美吗？

你今日看到的世间美景有哪些？

有美一朵

风

黄昏时最常做的事情是等风来。

在露台上，守着一方天地。写字，吃晚饭，听音乐，说说话，打个盹儿。没人看得到，只有风知道，都是有关爱与平常的事。

有鸟飞在黄昏的云里。有落日坠在晚霞里。有飞机掠过天际。有大人小孩在欢声笑语。也有风过树梢叶子在鼓掌人人在期待。

等风来。

风是从旷野而来，还是从海洋而来，不去关注。风来到身边后，继续去往哪里，不去关注。只想这一刻，我和我周边的一切都在风里面。

直到月色疲倦，露水清凉。

等风来，也是等你来。

月亮

关于月亮，多是关于寂寞与相思。

我现在无暇顾及这些。

只是一抬头，被当空皎月猛然惊到。

转身去看，月光漫过你，安详又宁静。

我离开时，地板光亮，仿佛澄湖被明月照耀。

星星

你来，带着一束花。

我们坐在黄昏的风里说话。一直到面容模糊。

你说很久没有像此刻这样，好像什么事也无，就是为了等星星出现。

你走后，我躺在小床上，望着夜空发呆，想着你刚刚说过的话，想着想着就睡着了，不知是想的，还是梦见的——小时候，我躺在小床上，望着夜空发呆，星星一颗又一颗，我数了又数，想着什么时候数完我就长大了。

小时候常常想长大了的事。那时候哪里知道，长大了又常常想小时候的事。

他回来，看到花瓶里的花换了新颜，问我谁人来过。我说出了你的名字。他笑了笑，没有说话。

我仔细找了找，夜空中的星星只有一颗两颗。它们不说话，却又像什么都懂。

小岛

我一直怀恋那个小岛。

每次在庸常的日子里想起那一幕，我的心都会为之柔软一下。那一幕，简单，平实，只是因为它是在小岛上——

晨起，除了拍岸的海浪声，一切都还在酣睡中。我站在阳台上，用梳子一下下地梳头发。这不是海景房，只是一家民居，两层小楼，用石头砌成墙壁，用栅栏围成院落。

我在二楼，距海不近，但站在阳台上一眼望去，没有任何的障碍物，仰首是云，低眉是花，远眺是海。

如果不是台风过境，我可能就按计划在前一天离开了小岛。

如今，我站在阳台上，一边希望海面上有船只出现，一边又希望船只不要来得太快。

我梳着长发，一下，又一下，长发已经很柔顺，可还是继续梳下去，好像从来没有一个上班赶路的早上我这样温柔且郑重地对待过它。

大朵大朵的白云，在蓝天里自由自在地游走，我眨一下眼，它就变换一种形状。楼下院落里阿婆种植的小盆花，此生不迈一步，即可日夜守望近处的海和远处的灯塔。海浪一声接一声，像小朋友们玩着相互追逐的游戏，永远地乐此不疲。

我不知道那之后的每个清晨我都做同样的事，看同样的景，怀揣同样的心思会不会厌倦，我只知道自离开小岛至今，每每怀想起那样的一幕，我都为人生中拥有过这样一个清晨而感到庆幸。

如果有人对这个小岛好奇，我不一定会说出小岛的名字，但一定会告诉他：你爱的人要睡在里面，不管小岛上的房屋是石头砌成，还是栅栏围成。

七里香

我穿着喜欢的裙子，从早晨和黄昏的七里香花廊下经过。如果没有记错，每年花开我都会记得，从这丛花下走一走，然后想，如果你在，该有多好。

像一个无地址的信封，关于你，我总是无从投递。

从来没有人问我过此时在做什么。如果恰好我接到一个电话，我会告诉他：黄昏里小坐，七里香正开。

其他好像也没有什么了。

云

听到轻轻的敲门声，我动也未动，只说：请进。

她走过来，笑说：你啊，头也不回，托着脸颊，望向窗外，看上去好忧郁的样子。

我说：我在看云。

就在刚刚，在签过的各种文件中猛然一转头，窗外路过的薄云让我怔忡了片刻，我坐在那里，动也不动，就那样一直地与它对视。

作为片刻的小光阴，我拍下来收藏进相册里。就在昨夜，我刚刚在短信里问过一个人：你那里的云依然纯白好看吗？

我自以为，这难得一见的云，一定是这个人派来看我的。云来之前，听到叮咛：你去看她，只看她过得好不好，不必打扰她。

美好

带女孩子们去拍照片。

她们穿白色的衣裙，帆布鞋，背双肩包，坐在长椅上，或站在红色的电话亭边，侧脸的样子，微笑的嘴角，无论怎样看，都是好看的。

青春也就是这个样子了。

一个下午的阳光，透过碧绿梧桐的枝叶倾洒下来，洒在女孩子们的衣裙上。洒在女孩子们的微笑里。洒在女孩子们的娇羞里。

女孩子是世间所有美好的代名词。

在这样与美好同在的下午，我穿白衫花裙梳发辫，站在碧叶红墙前，俨然也成了有美一朵。

短信

她说，如果一天即一生，我希望的是一天即将结束之时，我能想起的是一杯咖啡的温度，暖色甜口的红茶，玻璃窗上的剪影，从日暮到渐深，高空俯瞰的星子都淡了……我想把每天的心情都发给你，如果你觉得这些不是多余的。

他说，我需要你和你所有的感受。

四季

春天，在花树下铺了小毯，花瓣飘落，我闭了眼小憩，醒来衣上沾了花瓣。

夏天，在沙滩上铺了小毯，海声阵阵，我闭了眼小憩，醒来阳伞被风吹远。

秋天，在果树下铺了小毯，微风吹过，我闭了眼小憩，醒来手边落了果实。

冬天，眼看冬天已经不远，我要想一想将和你一起做些什么。这样，我人生的全部所有无所事事的时光，都是与你度过。

期待

她在一次途中吃过一个蛋糕，很好吃。自此，念念不忘。

他得知后，说，真羡慕你，心中有期待，哪怕只是一个蛋糕。

多少人活着活着对日子少了期待，只是一天挨着一天……

阳光

你相信阳光会跳舞吗？

冬日下午四时的阳光，打在玻璃上，阳光过来，要路过树梢，今日风有些大，树梢一动，就跟着舞动起来了。

我本要给你说得很美的，却在万物面前显得语言的匮乏来，如果此时你坐在我身边，看看书，说说闲话，感受一下跳舞的阳光就好了。

甜蜜

我不抽烟不喝酒，我认为嘴有三大用途：饮食、亲吻、说好听的话。

所以，如果嘴是一个人，我想提醒她要做到——

享受可口的美食，去亲吻身边的人，让嘴巴成为甜蜜的出口。

时刻

午睡醒来，听到窗外白杨树哗哗作响，以为是在我入梦时有雨来过。细细来听，也觉潺潺，以为是住在溪边。

为此，躺在那里好大一会儿，就是想听一听，这风声，雨声，溪水声。

我知道，终有一天，我会怀恋这样的时刻。

羡慕

我现在最想做的是——

穿一条长布裙，骑着单车，在路边花店买一束花回家，小风吹过，辫梢微起。

这些，你现在就能做到。

所以，你无须羡慕谁。

你

我坐在夏日的黄昏里，
将微风与日光给你，
也将心里的那一点星光和晚至的好梦一并赠你。
如果不嫌弃，请你收下。

写 信 给 自 己

亲爱的你：

你喜欢“爱与平常”这四个字吗？

你是如何记录并感受你的日常的？

你是如何以自己喜欢的方式度每一天的？

Chapter 3

凡珍贵的，都值得

大多数人活着都只是机械地活着，
要做懂得珍惜的人，珍惜生命，
珍惜活着的每一天，珍惜身边的一切，
这是珍贵的福报。

嘘，秘密

有个女孩子，在二十岁的年纪对我说：我有个秘密要告诉你，你不要告诉别人啊！

彼时我和女孩子分别租住在楼上楼下，她恋上同是租住在楼下的一跑医药的已婚男，对已婚男百般讨好，久了，对方失去兴趣，她死缠烂打，旁人都看不过去，连房东都下了驱逐令。

不是爱情中人，无法理解爱情缘何让人烧了脑失了智。她与我亲近，我劝她，不听，我便看轻她。

一日，躲在盛夏正午的蚊帐里，听她说：我有个秘密要告诉你，你不要告诉别人啊！十八岁的暑假，在酒店打工，一雨天下夜班回家，骑车路遇涵洞，被人拖下车子，在草丛里遭遇强暴。喝了大量的安眠药，想一了百了，但终被挽回生命，一辈子都忘不掉洗胃的痛苦。

从此，对任何感情，我都不再妄自评论，每个人都有着不可言说的秘密。

几年后，她偶得良人，带着这些秘密嫁了，如何在新婚之夜蒙蔽过关，她一一告诉我。这些年，我从未告诉过任何人。

前几日，有十几岁的女孩子私信给我：我有个秘密要告诉你，你不要告诉别人啊！不知道老师是有意还是无意……

从她和老师的微信截图看，成年男子的荷尔蒙气息飘了满屏，晚自习后送她回家，短的距离却走得漫长，拉她的手，触她的衣襟。

她以为是他对她有意，可后来发现他是群发，今晚送她回家，明晚送的是别人。

二十几岁的女孩子微信给我：我有个秘密要告诉你，你不要告诉别人啊！我怀孕了……

忐忑不安地去药店买试纸，胆战心惊地祈祷不要两条红线，走路都轻飘飘的，第一时间告诉男朋友，得到的回复是一句：谁的？

想哭，无处哭。想说，不便说。她爱他，想要不要偷偷生下来，哪怕今生与他不在一起，至少有了他的骨肉。

怎么做才是对的？十几岁的女孩子和二十几岁的女孩子，向我讲完秘密不约而同地问出此句。

有闺蜜三十好几，甜蜜时自甜蜜，半夜哭泣时眼泪储存起来有几公升，只因在家庭之外爱上一个不回家的人。

闺蜜给我讲，从相识讲到细节。末了，讶异我为何默不作声而且不怪她。

感情的事，孰对孰错。

她说，这是个秘密，你不要告诉别人啊！千万不能让他知道。

他是她的爱人。

仓央嘉措写过：一个人需要隐藏多少秘密，才能巧妙地度过一生。

前一段看一个有关向爱人坦白秘密的调查活动，并不是所有的秘密坦白之后都能收到想要的结果，到底是坦白一次，还是决心将秘密藏得更深，主办方也没办法鼓励做任何一种决定。

女性最多的秘密，不过是感情问题，不管是多大的年纪。不是所有的男人都能接受全部。调查时，有一人说：这些秘密我都不能接受，可一想到她的脸，突然就觉得没多大的事了。

即便是这样，也不要把全部的你告诉他。他爱的，应是你的现在和以后，而非过去。换言之，你也同样待他。他若不讲，你便不问。有些事，不说是个结，说了是道疤。

写 信 给 自 己

亲爱的你：

你最信任的人是谁？

你有把秘密告诉给别人吗？

你是赞成还是反对向另一半坦白秘密？

孩子气

看湖。

他走在我身边。见我步伐缓慢，一会儿抬头看云，一会儿低头看鱼，他有些心急。

他开始催促我，奇怪我什么都是觉得好看的。我拉他的手，想让他慢一些，他躲开。

也只有在我面前，他如此任性。

不是一次两次，足足三次以上，他见我够爱他，任性，找茬，耍脾气。有次他不吃饭，掉头就走。我以为他不会，却眼见着他越走越远。快到路的尽头，他走一步，回望一步，以为我会跟上去。我没有。

他在天桥上向我挥手，我没理，气到不行，烈日下，我一个人站着，路过的人都好奇，他却不心疼。

最终，我服输，绕了远路，来到他身边，在街边饭馆，面对面坐下，吃一顿无味的饭。

我对他说，以后你会知道，全世界也只有我一人，如此待你。

也许他福气够大，以后会有女子待他如我待他，但一次两次，三次就会厌倦，会离开他。我却不会。除非我死。

死是简单的事情，想起他，万般不舍。没有我，他一样活，但再也没有人像我一样爱他。

我舍不下他，曾经去哪里都想带上他。我去哪里他都跟到哪里，无论天涯，还是海角。我们一起坐过火车转大巴，也坐过飞机转出租，爬过山，赶过海，他都紧紧牵着我的手，无论我快还是慢，从无怨言。

不像现在。

远的，他觉路途远；近的，他觉去过多遍。快了，他觉太快；慢了，他觉过慢。反正怎么都不合他意。

他觉我不知他心，我觉他不懂我意，一言不合就赌起气来。台阶上坐了一些人，我干脆不走，顺势坐了下来。他也坐了下来。

湖是淡的，云是淡的，心情不好，湖就是湖，云就是云，了无意义。

沉默。沉默。沉默。

有一男孩走来，打破了沉默，对着我一声“姐姐”出口，手已放在了他的鞋上。原来是推销干洗剂。

男孩在他的鞋面上喷了干洗剂，用毛巾擦拭，边擦边介绍产品。

我想起身，这产品分明不需要，可又不知如何拒绝。

男孩继续擦得卖力。我说，不需要擦了，多少钱一瓶？男孩继续埋头，手未停下，说出一个价格。

闲聊中得知，男孩原是大一学生，学市场营销，暑期勤工俭学，一是为了锻炼口才，二是为了想要用亲自挣来的钱给快过生日的妈妈买生日礼物。

第二个理由让我鼻头一酸，男孩20岁，也只是大他几岁而已。不知道男孩十几岁时是不是也仗着妈妈爱他而有恃无恐。

买了两瓶。生着他的气，还是为了他，是因为看到男孩，就想到身边的他有一天也会走到街头独自面对这个社会，希望有像我这样的一个人在他被拒绝多次后能够帮他一把。

他应是不知的，只继续跟着我走。折身拐进咖啡馆。漫漫长路远，抵不过气长。两张桌子，他坐他的，我坐我的。

前些年，和他一起路过咖啡馆，允诺他以后要常带他到咖啡馆，面对面坐着，像朋友，也像恋人，每次憧憬的时候，两个人眼里都是幸福的样子。

此时真的坐在咖啡馆，不像朋友，也不像恋人，隔着距离，有点近，又有点远。想这些年我待他，付出时间与爱，胜过任何人，今他与我隔着距离，不肯走近。我越想越叹息，不禁在恍惚的灯影里暗自啜泣。这次再也不理他了！

埋头正吃意面的他像是察觉到了什么，端着餐盘走过来，坐在我身边，喂我。我不吃，尽管他走过来的刹那我在心里已缴了械。

他放下餐具，抱着我，孩子气地说：别生气了，妈妈，我错了，以后我多注意着，以后我也挣钱给你买生日礼物。

赌气赌得再久，都不及这一句这一抱，他话音刚落，我便孩子气地笑了……

写 信 给 自 己

亲爱的你：

你和父母／孩子的关系怎么样？

你有没有对父母／孩子赌过气？

你们最终是怎么和解的？

懂得珍惜，才配拥有

她说患了癌症时，我心下一惊，即刻有种深深的难过。

她说，谁也没告诉，只对你说了。

我想去看她。尽管她在千里之外。

当晚订了票，坐早班车，她原本不让，但知道我已在去往她城市的路上，说，你能来，我很开心。

当朋友身遭困境时，有能力时，给钱；没能力时，给人。

给人，意为第一时间出现在朋友面前，看到她，陪伴她，哪怕不说病痛，只说天气。

一个人，再强大的内心，突然被诊断如此病症，也如遭生活暴击，再乐观的性格，也会悲观。

只想见她，给她大大的拥抱。

从太阳未起到太阳正中，火车载我见到她。她等我在餐馆的角落里，瘦，弱，小小的一个。我跑过去，拥抱她。

我们吃饭，菜不多，但可口极了，她吃得不多，看我们吃。我有话没话，也是，五六年未见，再熟悉也会变得生疏几分。我说了句，你我都剪去了长发，留了短发。她说，我的是假发，在化疗，一直大把大把地掉头发。

顿时觉得说错了话，我低下头去，心里十分自责。

她留长发的样子，我印象深刻。

当年我去西安追梦，坐一夜火车，初次抵陕，好奇又忐忑，记得最清楚的是，抬头看天空，一弯清月挂在天边。

她接我，在路口，跑向我的样子格外清晰，长发被风微微吹起，有种早晨的清灵。

举目无亲，唯她，见过，不是太熟，但她待我视若亲人。让我住她家，小小两居室，她有家人，儿子尚幼，做饭，上班，送儿子上学，新买的房子装修在即，实在忙碌。她不嫌我，央我与她共挤一床。

我一腔孤勇，或许是因为她在，便多了几分安全感。几日后租到房子，距她几站路。周末她做了特色菜，喊我去吃。不巧她装修房子，又生了重病，我帮她接送孩子……

没做多少，都是些细小的事，彼此却都记得。哪怕是在后来相继离开西安，辗转到别的城市，也会相互到新的城市见上一面。

这次再见，依然会聊起西安往事。比如，她搬了新房子后，我续租在她原来租住的两居室里，走着她走过的路，用着她用过的桌椅，每晚散步的小花园也有她曾经散步时看过的花朵；比如，她为我做过的臊子面，菜料、味道、面的宽窄我都记得，还像模像样地做过几次，每次做都想起她；比如，我帮她接孩子，在大雨天送回家，她也记得；比如，她新家小区的名字别致的阳台，我都记得……

她与夫两地分居，相隔甚远，一年又一年。后来她迁居他的城，他又因工作调动去了别的城，一周一聚。

他人很好，但不常她在身边。快乐的，可以分享，发个信息打个电话便可；痛苦的，想分担也无力，再大的苦痛，发信息打电话也无法诉得清。他说，这病，想替她受，但病和痛又在她身，只有她说什么都是对的，什么都依她。

所以，有人容她忍她，她脾气再急性格再躁，也一直是笑着的，笑声咯咯地响，与常人无异。她劝我，少生气，少熬夜，多笑，多想想美好的事情。

我也劝她，要坚强，要乐观，要加油，要想想很多更美好的事情在等待她去做。

比如，她的他说，病好了，我每周都带你自驾游看遍你想看的所有美景。比如，她的儿子说，妈妈要快快好起来，明年暑假我接你和爸爸到德国。

她辞职多年，全职为儿子。儿子为圆儿时梦，放弃国内名校保送的机会，执意参加高考，终以优异的成绩被德国名校录取。

往往是，看自己不觉时间流逝迅疾，小孩身上却有着明显的时间痕迹，才几年工夫，恍然如昨，当年需要接送的小孩年已十八，如今妈妈病痛在身，他一边准备开学行李，一边看护妈妈宽慰妈妈，连接待客人的事情他都照顾得周全。

初秋的夜静谧而清凉，我与她偎在一起，听孩子拨动琴弦，厨房里飘出饭香，她坐不住，去厨房，不多时，像很多老夫妻一样，与他拌起嘴来。都是她的声音。他说过了，她说什么都是对的，什么都依她。

忽听她惊叫，快来看，夕阳好美！

我跑过去，透过厨房的玻璃窗，看到夕阳与晚霞相映，染了远山。又不是新房，她却像第一次看到美丽夕阳。她说过，以后的每一天都是赚来的。生病让她更加懂得珍惜，亲人相聚的时光，朋友前来的看望，甚至每天都有之前忽略的日出日落。

大多数人活着只是机械地活着，她却比大多数人懂得了珍惜生命、懂得了珍惜活着的每一天、懂得了珍惜身边的一切，想来也是好事一桩，于她而言，更是珍贵的福报。

有人问我这两天去了哪里，我说，去看我姐了。是的，我不管在她面前还是别人面前，都说的是，我姐。

又问，为什么千里迢迢去看她？

我说，因为她曾经帮助过我，对帮助过我们的人，不管过去多久，都要记得回赠。

写 信 给 自 己

亲爱的你：

你帮助过谁？

你是如何回赠帮助过你的人的？

你是否懂得珍惜的意义？

幸福的眼泪

每个人都对结婚充满美好的想象，不管是否真的相爱。

不是所有结婚的人都是因相爱而结婚的，有一些是因为该结婚了所以就结婚了。

无论如何，也不管前面都发生了什么，结婚的那一天，应该是幸福的。尤其于女人而言。

婚纱，礼服，造型，妆容，说好了要早一点睡，要精神十足地迎接人生最重要的一天，可迟迟未眠，按捺不住的激动与兴奋，要早起化妆，不，前一晚化好妆只坐着不睡也行。

是的，要做新娘了。美丽的新娘，幸福的新娘。再普通的女人，这一天也是主角。所有人的目光都注视着她，所有人的忙碌都是为迎接她。

而她迎接的，只有一个人，那便是新郎。

想想看，如果一个新娘的装扮和心情都准备好了，万事俱备，只欠新郎。可左等右等，眼看时间一分一秒地流逝，新郎却迟迟未来。那该会是如何的焦灼与忐忑，该是多么地绝望与无助。

新郎会来，天不亮就起床，院子里热闹异常，身边人忙忙碌碌，明明是准备了很久，可又这也想不起那也总忘记。

前几天还在一起的两个人，也许昨天还见面，一夜之隔，身份发生转变，两个普通青年，在这一天成为新郎新娘。

要去了，要去了，等我，接你。不，等我，娶你。

婚车在疾驰，凡路过的人都知道，有一个女人在这一天做了幸福新娘。

漫长的路啊，走了又走，怎么再也走不到。想立即见到，又想再多等一会儿。因为，这一辈子，他如此隆重地去接她，如此激动地去见她，也只这一次。手捧鲜花，西装革履，领口有花，上写“新郎”。

本是一对双生花。那一朵在新娘领口，上写“新娘”。

新娘穿了新娘装，大红的，像为她量身定做，真是好看得很！

年轻的，年长的，大人小孩，屋子里围得水泄不通，这个姑娘眼见着从小长大，但从来没看过她做新娘的样子。连父母都没见过，他们希望是第一次见，也是唯一一次。

在父母那里，想见，又不敢见。想让有人娶走自己的女儿，又不敢面对，尤为母亲，又是喜，又是忧，看一眼是欢喜，再看一眼就是悲愁，养育二十几载，终于嫁人，也成了别人家的人。

新娘坐着不动，内心却翘首以盼。想了又想，盼了又盼，婚车终于驶来。

新郎冲过种种关卡，来到新娘面前。如此美艳！如此动人！

他不敢多看，想立即就带她走，牵着她，背着她，抱着她，怎么着都行！她上他的车，坐在他身边，一路前行，是快是慢不再重要，他娶到了她。

从此，是烈阳高照，是大雨滂沱，是春的百花盛开，是冬的肃杀荒芜，是她和他，也是他和她。

换了婚纱，洁白得像个公主，她被他牵着，走过红毯，并肩而立。

在司仪的提醒下，他掀开她的面纱，对她大声地说“我愿意”。她那双刚才还笑着的眼睛，瞬时起了薄雾。他为她轻拭眼角，听她说“我愿意”，深深地拥抱她……

好像所有人的婚礼都不过如此。她迎他，他娶她，牵手走红毯，大声说出“我愿意”。

少女时对婚礼有过多种憧憬，想有一天做一个人的新娘，一定是世上最幸福的事。

去参加别人的婚礼，多了就不觉得结婚是什么稀奇的事了，千篇一律，仿佛所有司仪都是出自同一个培训机构。

待自己成为新娘的那一刻，幸福感是有，但更多的是慌张，忐忑，生怕出错。

想象中的婚礼有多种，并不是所有人憧憬的婚礼都能实现，有遗憾，却不后悔。没有后悔嫁给他，就不会后悔有过那样成为新娘的一天。

年龄渐增，再去参加别人的婚礼，不管是什么样的婚礼，不管如何千篇一律，都会觉得是一件幸福的事。

看着，想着，念起当年那一刻穿着婚纱的自己大声说出的

“我愿意”，坚定而美丽……

欢笑而热闹的人群里，总是会在笑着的眼睛里起了薄雾，这眼泪，不知是为自己而流，还是为眼前的新娘而流。不管为谁，都是有关幸福的眼泪。

写信给自己

亲爱的你：

你想要一个什么样的婚礼？

你上一次流下幸福的眼泪是什么时候？

你会为新娘／新郎送上什么特别的祝福？

欢喜心一种

我去见她。约好的上午九时，到她的办公室喝茶聊天。

一路向东。东风渠的美丽绊了我的脚，我坐在长椅上晒了会儿太阳，阳光温煦，晒得心暖洋洋，不如就这样吧，哪里也不去，或者约在这里，一起看柳枝轻拂水面，看群鸟在草丛觅食，还有一只顽皮的小雀特地飞了去，拉着柳枝荡秋千。

本应该匆忙奔向写字间的早晨，我停留在这里，发会儿呆，日睹这个世间每天早晨的日常。时间慢慢过去，已过九时，我短信她：亲爱的，你在哪里？我在东风渠的长椅上晒太阳。

她电话打过来，笑说，我已经洗好了杯子在等你。

我看到她时，不但有洗好了的杯子，还有备好的水果和月饼。

像这样的一天，不但见到了她，还有她给我的好多好多……

她给我讲了福报定数，讲了缘的美妙，讲了遥远的故事，讲了神奇的回报。我也只是给她讲了我生活的改变，工作中的插曲，旅途中的相识，还有一点点心事。可是，为何时间像停止了一样，想起看表，已过午时。

玫瑰花茶还未喝完，我们去往下一个地方用餐。

跟着拥有欢喜心的人，抵达的每一个地方都在容纳欢喜心。小小的空间，书本，绿植，开放式的制作间，刚掀了帘，淡淡的桂花香就扑了鼻，开朗的女孩子是老板，我们进去时，女孩正在专心地捏面团，做月饼。

女孩用桂花和蜂蜜泡了茶水赠我们，轻啜一口，满齿清香。女孩说，是自家院子里的桂花树，开得满树都是，昨夜刚下过雨，特意采了早上七时至九时的桂花，就是想等到你们来，赠你们桂花香。

我们靠窗而坐，喝茶用餐，聊天谈笑，卷毛的黑色小狗乖顺地蹲在我的脚边，不发出任何声响。她说，你看小狗喜欢你，它愿意和你待在一起。

做完了月饼的女孩偶尔也走过来，听我们说话，轻轻加了茶水，把新出炉的月饼端上来让我们品尝。然后在我们要离开时，请我们为墙壁上的鲸鱼涂鸦在自己中意的那一张贴上小红花。我选了一张，所有的鲸鱼里，有名家所涂，有美术老师所画，有作家所画，有孩子所画。我选的那一张，只因为所有的鲸鱼都是孤独的，只有那一张，鲸鱼的周边游动着三条淡蓝色的小鱼，整个画面都活泼灵动了起来。

女孩说，那是一个十岁的女孩子所画，这个女孩子非常棒，在我这里做义工，我们这里经常举办读书分享会、诗歌沙龙、手工制作，她常在读书分享会上朗读，来我们这里的人，都是善良的，美好的，愿意与人分享的。

她站在我身边，笑笑地看我，说，你选了这幅画，证明你有童心。

女孩对相熟的她说，希望你们下次还会来。然后转向我，说，我很喜欢你，我喜欢简单的人，我也希望我们这样的人能多聚在一起，做一些有意思或者美好的事。

我们相挽着走出这个小而美的地方，大街上阳光依然温煦，人行道上有落叶翩飞，好像每个人都是要去与心仪的人约会，又像是与心仪的人约会完刚刚告别，神采飞扬，嘴角上翘，心里装着不可告人的喜悦……

写 信 给 自 己

亲爱的你：

你什么时候会经常心生欢喜？

你最近见过拥有欢喜心的人是谁？

你做过的欢喜事有哪些？

山路之后，就是大路

他来找我。

同事见我在忙，说，有个读者想见你，刚从医院跑了出来。我看到他，高，瘦，裹了外套，露出里面的病号服。知道是我后，他笑，说，终于见到你。

我不知道他什么病，又不好直接问，只看他面色暗沉，就像他走了很远的路来到这儿，终于要歇息了一下，我捧了茶水给他，说，谢谢你来。他说，一直想来，也想过很多次见你的情景，却怎么也没有想到是这样来见你。

他讲他对一本杂志的喜欢，小小的初中男生，从未对什么痴情过，自从看到了我主编的这本杂志，翻开第一页便一眼喜欢上了。一直到高三，每一期都不曾落下。总有一天，要去看看这本杂志背后的人。和很多读者一样，这件事像一个梦一样，种在心上一日又一日。

终于来到。就在这个星期一的上午，与他对坐听他说话的是我，他看我时，有时目不转睛，有时躲躲闪闪，有时说着说着，不明所以地轻笑起来。他说，你和我想象的一样。我穿淡绿色衣裙，青春的颜色，但说起话来与家长无异：不管如何，都不能放弃高考。

他来我这里应该不是想要听这些的，从医院跑出来，躲开医生的问询，家长的责备，坐地铁，转公交，是为圆梦，也是为寻求某种安慰。

我常在杂志里写文给少年阅读，也常在日常中写信与少年交流，但真的与17岁的少年面对面，又不知如何做才能走进他的心里去。不如听他继续诉说下去，他说再有13天就是18岁的生日了，从来没有想过成人礼会在医院度过，就像从来没想过来见想要见的人是穿着病号服。

和无数个少年一样，一切都是闪亮的，如窗外阳光明媚，突然有一天，左臂隐隐地疼，他没放在心上，渐渐地，越来越疼，疼到快要提不起笔。去当地医院，医院拒收，让速来省城医院，初查是瘤。

我心都乱了，好好的，怎么会遭遇如此不测？反而是他，一副无所畏惧的样子。我问他原因，他说，可能是我爱吃零食的原因吧。听完顿时乐了，一扫刚才的阴霾，笑着笑着，我似想起了什么重大的事一样，一时收了笑，一本正经地说，在医院也要记得复习，高考和大学都在等着你呢。

电话响，是他的妈妈，嗔怪他乱跑，催他回医院。他解释说，来见想见的人。妈妈听不太懂，两个人要吵起来。我催他回去，叮嘱他养好身体，好好复习。临别时，我执意要送他礼物，他推托什么也不要，只要一个我的拥抱。啊，他那么高！他俯下身来，我们拥抱，我有一点点的难为情，又有满满的温暖。

隔了 13 日，我去医院看他，怀抱鲜花和杂志，手提生日蛋糕，只想给他一个惊喜，一个特殊的成人礼。病床上的他无比淡定，穿着病号服，在为下午的手术做准备。是好是坏，是走是留，取决于这场手术。

哭的是他的爸爸，比他还要高。见我去，听我鼓励他，坚强多日的爸爸霎时抹起了眼泪。我一时无措，鼻尖酸涩，像个家长一样转过头来嗔怪他，以后好好和父母说话，听他们的话，要坚强乐观，因为父母的痛是孩子的多倍。

不知为何，在读者面前，我有时像姐姐或朋友贴心，而有时又像家长或老师一样严厉，还好，不论饰演什么样的角色，他和所有读者一样，痛时给我讲，乐时也给我讲。所以，很多天后，当他告诉我“今天终于要出院，回校准备高考”时，我说“这是我近来听到的最大的好消息了”。

“相信山路之后就是大路”，这是他离开医院时我说给他的最后一句话。加油，所有正在山间赶路的每一个人。

写 信 给 自 己

亲爱的你：

你身边有在“山间赶路”的朋友吗？

你给了朋友什么样的鼓励与温暖？

你此时在“山间赶路”吗？

画心

我不是第一次看他画画。

这一次，立于他旁侧，看他一笔入画，他说，画马要简笔，再浓墨。

我不懂画，却也仔细看过去，一笔一笔下去，原来真有四蹄生风。

我说，这匹马生得健美，跑得洒脱，画中没有草原，却分明能感到马在草原上奔驰，一定是匹恋爱中的马，身披落日余晖，和恋人在草原依依告别，远了一点，又远了一点，再三地步步回头望，直到再也看不见。

他听着，只管笑，挥笔写下“归来”，然后给我讲他识马多年，朋友来访没什么好送，就送自己画的画，有时是一匹马，有时是一只鸡，有时是两个字，有时是牧归，有时是晨鸣，画这些，不像别的人，要有宽的案，好的笔，纸也最昂贵，好比这“归来”，俯首会议桌，十分钟不到便自成世间唯一。

他也属世间少有，能写能画能说。有些人的存在，就是为了向人证明与之相比显现出来的稚拙。在他面前，不敢多说，多说就露怯。有一年冬天一行人驱车去百里外看白天鹅，我身有不适，以更舒适为由被安排与他同乘一辆车。彼时他刚从印度访问归来，我提前备足功课，即便如此，也只是多听少说，好在走了大半辈子仕途的他并没有分别心，视谁都是有缘人，行驶的路途有多长，讲述的故事就有多长。

他赠过我画，也有字，还有书，我家小女出生之际，他八旬老母亲手缝制的衣鞋，件件都是艺术品，我想，所赠这些即使不展不挂，也要珍藏，那些衣鞋未必也件件穿在身，但定会存于柜里，偶尔在阳光下晒一晒，小女孩长成大女孩时，我会告诉她，有位老人在窗子下，戴着老花镜一针一线，像缝补岁月一样，将对一个还未出世的孩子所有希望一一缝制。

一直想要谢谢他，可总觉得什么都配不上这份回赠，也许在他眼里并不是什么稀奇的事，如同一些人认为我终年写字给予的珍贵，其实我自己认为是再平常不过的事。

马匹入了画，落入谁人家，不认真看的，以为是一幅画；认真看的，明了是一个故事。

写信给自己

亲爱的你：

你如何理解“分别心”？

你是一个有“分别心”的人吗？

你收到的最珍贵的礼物是什么？

爱的叮咛

那时候的她，十分在意一些东西。如某个节日。

圣诞节是她彼时在意的。

记不清是平安夜还是圣诞节了，她想去教堂。不是一个人去，是和那时候陪伴她的他去。

说是陪伴，实则接触甚少，连谋面都寥寥无几。

现在想来，也仅是青春里的一种陪伴而已。他的存在，让那段青春不曾空白。

她在那年的这个节日里打电话给他。他在遥远的地方。

她以为他不会在家。无数次他晚上不在家的时候，她拨打家里电话给他。怕他接到，又希望他接到。

每个人年轻的时候，做过的傻事，连自己都在回想起来觉得好笑。

他一个人住。空荡荡的房间，电话声清脆刺耳地响起。他有时在家也不接，有时干脆让故意响上好久才接起。

她想，他应该有很多女朋友。一个人住两居室的房子，多方便带女孩子回家。

她在那个节日打电话给他。她猜想他一定不在家。他那么优秀，这么重要的节日，他一定在外面和那么多的朋友尽情狂欢。

他居然接起电话。她一时无措，不知道要说什么。

他说，节日快乐。

她说，谢谢。

他说，你怎么没有出去派对，以为像你这样的年龄，一定会尽情狂欢。

她说，只想在这一天，和喜欢的人去教堂。

他呵呵地笑。

他们还说了什么，她早已经忘记。她只记得，他说过一段话，她到现在还能背诵出来。

他说，《圣经》里有一段关于爱的阐述：爱是恒久忍耐，又有恩慈；爱是凡事包容，凡事相信，凡事盼望，凡事忍耐。爱是永不止息。

他说，你还小，再长大些就懂了。

……

很多年过去，她长大了不止一些，但是她依然做不到他在那个节日里对她的有关爱的叮咛。

当年有可能在一起的人，或许努努力就可以牵手一生的人，早已失散了很多年。

昨是平安夜，今又圣诞节，她一直都没有在这一天去过教堂。

她只记得，当年她说这句话时，她特意往窗口望了望，窗外纷纷飘着雪，她想望一望，雪里有没有他走来的身影……

他始终没有走来。

节日年年有。只是这个节日对现在的她来说，也不过是一个日子而已。

写 信 给 自 己

亲爱的你：

你去年的平安夜是和谁一起度过的？

你今年的圣诞节想和谁一起度过？

你记忆里度过的最难忘的节日是哪个？

心有一亩田

那日去看她，她穿着花裙子在豆角架下摘豆角。

她有一亩田，田里种了豆角、番茄、黄瓜、茄子，都是家常的菜，绿的、红的、紫的，穿行其间，看着甚喜。

我小时候也有这样的田，不止一亩，种了很多果蔬。夏日里，放学后，母亲煮饭，催我去田里摘菜。我顶着烈日，去了又回。如今想起，没有觉得炙热，只想每次回来，手里握着的总有新鲜的蔬菜。

我跟着她，踮脚，俯身，那根豆角，这根黄瓜，摘了一下，又一下。她嘱我小心，怕绿染了我的衣。我哪里顾得上它，只想这样走下去，摘下去，好像回到了小时候。

她的屋子老旧，一亩田距老屋不远，她闲时在田里锄草，累时在田里摘果。田里多有祖母在照看，老人闲不住，她选择居住此，只为有田可帮老人活动筋骨，兼着解闷儿。

她带我在水池边，将新摘的果蔬清洗，井水沁凉，还未吃，就像吃到了一万口新鲜。

小时候也是，没有冰箱，摘了西瓜，不急着吃，提了半桶井水，西瓜放进水里，冰些许时候，再切开来吃就清凉了许多。

祖母燃柴，灶台热气腾腾，她系着围裙立于此，在大锅里放油，放葱，放豆角，放番茄，香气扑鼻。

我跑出去看，有炊烟在屋顶袅袅升起，隐隐觉得有人唤我乳名，隔着年月，从街这头到街那头，应该是母亲唤我回家吃饭。

小时候真能跑，一眨眼就不见。

我们坐下来吃饭，无酒无肉，却是吃得津津有味。祖母夹菜给我，视我为客人。还说，走时让我摘些菜回去。她也笑说，老人觉得没什么好送，凡有人来，她都要让摘些菜回去。

我知老人心意，但我来这一趟，祖孙俩已经给了我很多，比如这一院子的清风明月，比如这一架子的豆角番茄，比如这眼前的碧树悠夏，比如这瞬间的时光穿梭。

又隔了一个夏，她来，说，也没太多事，昨天在豆角架下摘豆角，想起你那一年去看我，就多摘了一些给你带来。

我收到过多种礼物，唯这礼物不同——

她提着的竹编的小篮子里是送给我的豆角、番茄、黄瓜，想她这样一路赶过来，定有无数人观看又好奇，一想起此，就有种莫名的骄傲，我有这样一个朋友，她有一亩田，有新鲜的果蔬，有我。

如今我不再是小时候，母亲也长到了祖母的年纪，好想再回到那些年，我年少，母亲未老，她煮饭，等我去田里把菜摘……

再也回不去了，不是吗?

回不去的还有二十岁的我，彼时一个人租住在小阁楼，小阁楼有斑驳的小木门，门旁的墙壁上有旧盒，名为留言盒。若有人来看我，我不在时，可写纸条入盒。

每次我回去，总要看一眼留言盒，看我不在的时候有没有人来看过我。

有一次外出，回去时看到门把上插着几枝桃花，留言盒空着，但我知道送花的人是谁。

二十岁的年纪里最爱承诺，一定是哪一天向某人承诺了，春天时一起去看桃花开。

不在家时有人来访，留言众多，唯记得那几枝桃花，在暗夜归家的我，一步步走近小木门，以为看到的是点点星光。

还有那一年，我产女在家，月子里足不出户，偶听门外有声响，急急地探出头去，见门把上插着一束小雏菊，花下挂着一文件袋。又听楼梯上咚咚作响渐远的脚步声，仿佛做错事的小孩怕被大人发现，跑得慌乱，跑得急促。

后来收到同事短信。他不发，我亦知是他。他说，让你看文件是假，我去看你是真，可又觉得去看月子里的你，一个大男人又不妥，便送你喜欢的花，只当我送的花替我看了你。

不管是果蔬还是鲜花，也没什么稀奇的，菜市场有，鲜花店也有，重要的是背后那些美好的情谊。

心有一亩田，就种桃种李种春风，没有一亩田也无妨，总有一种花吧，想哪一天去看友人，她在，就说会儿话；她不在，就在门把上插束花。想象她看到它的样子，一定是欣喜的吧。

写信给自己

亲爱的你：

你有什么特别的朋友吗？

你送过特别的礼物给朋友吗？

你心里有一亩田吗？

万里行舟，追风见海

“你是女孩，是温婉，是美好，是叶间晨露，是清香四溢，是花，是朵，是我喜爱的你。”

上次读者见面会，有女孩拿着本子给我看，上面抄写着这些话。她说：在你书里看到，我喜欢的男孩抄写下来送我。

写过很多字都不记得了，这几句却记得清晰。书中的这几句话前还加了三个字：致同事。

是几年前的事了，她穿过一个个格子间，轻跳着到我办公室。或许是中央空调暖气过足，她白皙的脸颊透着微微的红，满满的少女气息，长发乌黑顺滑，穿米白色毛衣，大大的长耳朵兔子图案，霎时，她和兔子都好看。

办公桌上刚采插了一小瓶雏菊，是我喜爱的花，但她的出现，不知道我当下的欢喜，是因为花，还是因为她。

我给她拍照，那么好看，该被更多人看到。她有点羞矜，用花瓶遮脸，如此，我已经是将照片看了又看。

看着，念着，写着：你是女孩，是温婉，是美好，是叶间晨露，是清香四溢，是花，是朵，是我喜爱的你。

那是我第一次认真地看刚入职不久的她，且从此将她放在心上。给了她一些机会，如，我常在工作群里提及她，表扬她，点名让她主持全体会，外出学习及见客户也常带上她。她也争气，能力突出，又爱笑，性格温善，一年过去，老板同事人人都喜欢她。

后来公司业务调整，她又恰巧分到我直管的部门，我如获至宝，大的项目交给她，给她足够的信任。每天进办公室，我须从她所在的办公室穿堂而过，她工位恰巧又在门口，每次进门看到她在，哪怕是背影，也觉得心安。

尽管随着更深入的了解，知她自身在工作中也有很多不足，我批评过她，责备过她，但也知人无完人，更何况，是她。是我喜爱的她。

所以再一次公司立下大项目时，我对她万分不舍，想她是鸟，就应该到更广阔的天空去；是鱼，就应该到更辽远的海洋去。放她走！她畏怯，犹疑，我鼓励她，相信她，告诉她：无论你做了什么，到了哪里，我都一如既往地支持你。

也就三年工夫，她成为进步且晋升最快的一个，公司重点项目的监管，重要职位的担任，非她莫属。

看好她。项目进展不顺利，我认为是项目设置的原因，不是她的原因。因为年纪尚轻的她能力是有所欠缺，但她真的足够努力。从前到后，从左到右，从没有到有，从线下到线上，从舞台到观众，大凡项目或活动，她一个人，小小的身体，大大的能量。

直到她提出辞职。她说：我受不下去了，常常我在外人面前笑，晚上回家独自哭，之前那么快乐的我，早上起床一想起要上班，内心就充满期待，但现在早上一起床，心情就非常沮丧，也很灰败，我不喜欢当下自己的这种状态……

老板也喜欢她，以为她除了能力和讨人喜欢，又乖顺，又听话，永不会有提出辞职的那一天。所以当她提出辞职，老板很受伤，再三强调不要我对她做任何挽留。两日后，老板要我劝她。我就知道他不舍。

我与她约了吃饭。等她在路口，良久，她一路小跑过来，非要带我去吃一家新奇的店。我没有答应，挽着她，去了昔日常去的餐馆。因为有人在那里等她。

吃的什么已然忘记，不能忘记的是她那张可人的小脸，初识她，是叶间晨露，是清香四溢。如今坐在对面的她，还是二十多岁的年纪，却掩饰不住的慌张与茫然，连之前常常上翘的嘴角都写着大大的沮丧。

之前，是同事。此刻，是姐妹。我带着任务来，尽最大的能力挽留她，但心底总有个声音在告诉我：别白费力气了。

如她这般年纪时，我总向往着更大的世界，走得比谁都决绝。

等她的人是老板。席间，正在楼上陪客户的他下楼来端着酒杯走向她，一饮而尽，或许是喝多了酒，或许是万般不舍，一番话说完，一个大男人，开始趴在桌上痛哭流涕……

最终，她还是走了。

这些年，从我身边来来走走的同事太多太多，多到我数不清，更记不清名字和面孔了。走后还有联系的少之又少。职场中人，大凡离开，除却个人原因，多是带着不满离开的。即便是偶尔像怀念前任一样怀念一下前东家，想必也是不肯告人的，只有告诉自己：算了，人还是要往前看的。

她走得很远，去了北京，我时常想起她，公司凡有重要的时刻，我都想若她在该如何。更多时候想起她，是她曾经为我写过的个人视频文案：

是沉静的火焰

是僻静世界的赶路人

是早晨和黄昏的收集者

是树叶、微风和岁月的朋友

是孤独又合群的月亮

是柔软如水的大人

是冬天里遇到的好天气

是用心拥抱万物的树洞

是照耀他人前路的灯塔

是许许多多人想成为的模样

是，齐心

她离开后，我的新书上市，开始辗转在不同的城市举行读者见面会，给很多的人看这个视频，每次视频播放完，我又郑重地把这段文字再念一遍，然后说：这是我的一个同事写的，我只字未改，相处三年多，她了解生活中的我、工作中的我、读者眼中的我，我很喜欢她，遗憾的是，她离开了我，开心的是，她去做喜欢的自己了……

她不在我身边，天凉了，我给她留言：姑娘，天凉了，不要生病，要好好的；下雨了，我给她留言：姑娘，下雨了，记得带伞，晚上早点回家，照顾好自己；冬天了，我给她留言：姑娘，天冷了，一个人在外穿暖些，我若去北京一定看你。

每次，她的回复里，都会有一句：隔空抱住。

对所有曾经相处过的同事，我都给予祝福。唯她，给予深深的祝福。

因为，她写过：在北京生活了半年之后，才知道这个夏天粗鲁地告别的是我长大至今的高光时刻，但那个当下，却没觉察到。

她还写过：但也不觉得遗憾，生活总是伴随着失去，哪怕再来一次，我还是要往外走，走到更远的地方，万里行舟，追风见海。没有哪一条路是更好的，而我们必须这样，用得到的一些不会长久的温暖，熬过漫长的冬天。

……

立冬已过，漫长的冬天是要开始了，我想给这个我自始至终都喜爱的她更为长久的温暖，不管她在哪里，也不管她离我有多远。

写信给自己

亲爱的你：

你会“隔空抱住”谁？

你曾对你的同事／同学给予什么样的帮助或照顾？

你打算为某个人送去什么样的温暖？

凡珍贵的，都值得

你有没有思念过一个人？

我指的是——

某个特定的时刻会想起的人。

看到美好事物时会想要分享的人。

在马路上看到一个背影想要追上去的人。

早上想要说早安晚上想要说晚安的人。

有开心的事情第一个想要分享的人。

难过的时候第一时间想要去倾诉的人。

下雨时担心会不会被淋湿的人。

长时间没有消息会挂念的人。

如果要见面会按捺着迫不及待的心跑着去见的人。

……

王小波在《爱你就像爱生命》里说：我觉得我爱了你，从此以后，不管什么时候我都不能对你无动于衷。

好讨厌啊！明明这样给我们带来甜蜜的人，却有时候让我们觉得好讨厌，讨厌不想挂念却要挂念，讨厌想忘掉却忘不掉，讨厌想要无动于衷可他一个眼神就让我们心生波澜，讨厌这辈子还不如不遇见，可转身又将两个人的初见回望了一遍又一遍……

我知道你会说：讨厌也没关系啊，更讨厌的是我连这样一个人都没有。

不要急，慢慢等，春风总会吹过来。

可是啊，更更讨厌的是等啊等啊等啊，青春都快用光了，那个人还不来。

听歌都听到一边讨厌一边掉眼泪，过来人李宗盛一遍遍地唱：我从来不想独身，却有预感晚婚。

都听到掉眼泪了，还在莫名其妙地一遍遍单曲循环，还不是因为戳中了内心。

虽然很多时候感觉单身也是挺好的，但又时常羡慕别人成双入对。想去努努力，下次一定要主动点，不是特别合自己心意的也没关系，将就一下，并不是所有相伴一生的就是相爱一生的。

可是啊，真的不甘心！

李宗盛唱：我还在等，这世上唯一契合灵魂。也是，等下去吧。唯一契合的灵魂，多珍贵。

这世间，凡珍贵的，都值得。

一个人的时光，自由，清净，是珍贵的。爱上另外一个人，牵挂，思念，是珍贵的。

虽然自爱上一个人的刹那开始，从此不管什么时候都不能对这人无动于衷，这种感觉令人好讨厌，但一想起，从此这个世上多了一个人和自己的生命息息相关，心下便觉得不再孤单，赚大了呢。

至于彼此相伴，是一段还是一生，也不是那么重要的事了。

写信给自己

亲爱的你：

你此刻最思念的人是谁？

你有把你的思念告诉过对方吗？

你认为世间珍贵的事物有哪些？

你在的地方，处处可喜

被人邀请，是值得感激的事，不管是商务还是家宴，不管是繁华街市还是僻静郊野。

他邀请我。一次，两次，多了，不好推托，正逢周末，我答应：好，明天去看你。

他发来照片，我一眼看到清竹，知道那是他爱的。

邀请人到一个地方，必是对这个地方是满意的。想起一次被邀去一人家，黄昏疾雨，别墅区大而空，急着赶路，却又迷了路，找了好久才看到主人在檐下笑迎。来一个，主人领着楼上楼下介绍一次，沙发，柜子，灯盏，壁画，摆件，每一样都是珍品。

这次，他那里有没有珍品？有又怎样，主人视若珍宝的珍品，在旁人那里，不过是物品。没有也没关系，原本不是去赏宝，只是感激他邀请，去看看他。

一路出城，不足一个小时，有导航，但也知道，树多林大的地方便是他等的地方。他说，有幢红色小楼。

未见红色小楼，先看到水中碧荷，本不应车子疾驰，而应下了车来，沿着树荫的铺展，慢慢地走，慢慢地看，慢慢地说笑。

他接我，眼眉里尽是欢喜，说这是什么，那是什么，一层，又一层，从红色小楼上下来，沿着树荫的铺展，看河水在阳光下泛着波纹，或许我们脚步过于急促，惊起几只水鸟，展翅飞去，顺着飞去的方向，一眼望去，长河蔓延，不知道何处是个尽头。

他说，可钓鱼，可看鸟，可住河边小木屋。没人不喜小木屋，尤为临河而居，外有小小的阳台，一桌二椅，想象清晨被水声鸟声唤醒，披衣而起，坐在椅子上看鸟看水，有多惬意。

既然邀请他人，就知道她一定会是喜欢的，或者知道她值得被邀请。

半月前被一朋友邀请，提前一星期，她说，请把你下周四晚上七点的时间给我，有一个重要的邀请。听她干脆直接，哪怕次日我需五点起床赶火车，也连拒绝的理由都想不出。尽管我都不知道她邀请我究竟是要做什么。

周四当晚，才知道她自家先生在远郊经营私家小厨，她邀请我等同频的朋友同聚。我第一个到，一个个用目光迎她们到来，个个貌美，全部落座后方知，果真同频，八个女子，穿衣装扮不是麻，就是棉，不是盘扣，就是中式，不是旗袍，就是长衫。

她说，今天应邀而来的你们都是灵魂有香气的女子。她拿出一束玫瑰，用清水瓶插着，放在餐桌中央，这样她看每个人的脸，都有着玫瑰的样子。

没有推杯换盏，没有插科打诨，每个人都做自我介绍，每个人的故事都好长好长，直到深夜十一点，八个故事还未讲完。她恋恋着不肯让我们走，许是过多饮了红酒的缘故，告别时看她最后一眼，我好像看到了一朵玫瑰……

这次有他，没有玫瑰。我们走很远的路，去采摘葡萄，一串串放在篮子里，累了就蹲下来，摘一颗，吃一颗，夏日溪水般清甜。猕猴桃一个挤挨一个地被阳光照耀着，梨子和柿子也一个个地待在树上，像待嫁的小新娘，安静中又有迫不及待的心情，仿佛在说：我这一生，就是为了等你今天的到来。

前几日看到有人写和朋友坐在一棵枣树下，听枣从树上扑扑落下，打在瓦上、地上，令人羡慕。今天我不但有枣，还有梨，有柿，有葡萄，随便一个就可以摘下来吃，随便一刻就能感受到被邀而来的欢喜。

只吃果实还不行，还要品尝特色美食。他说这是什么菜，那是什么肉，我都不记得了。只记得吃完饭走出来，看到清竹一株株正依水而居，原来他发的照片源自这里，不但有清竹，还有睡莲，小鱼在水里嬉戏，自由而生动。

我看了好大一会儿，想起歌里唱的，不自觉地哼唱起来：我想和你虚度时光，比如低头看鱼，比如把茶杯留在桌子上离开，浪费它们好看的阴影，我还想连落日一起浪费，比如散步，一直消磨到星光满天，我还要浪费风起的时候，坐在走廊发呆，直到你眼中乌云全部被吹到窗外……

如果可以，真想这样一直消磨到星光满天，坐在走廊发呆，散步去看落日，听树木在交谈，如果，我是说如果还没有别的重要的事情。

不过人生总是除了虚度时光，会觉得哪件都是重要的事情。未等到星光满天，我便与他作别，与这里的草木果蔬还有河边的小木屋一一作别。返程的路上，细细想来，并不是应邀的地方有多好，而是我把因他而邀的每一寸光阴都过成了良辰。

如此一想，我便发信息给他：谢谢你今天的邀约，荷叶绿着它的绿，睡莲梦着它的梦，金丝槐迎着它的风，大户小户的人家檐下开着花长着果，只知道春天的热烈，不知道秋天的静美，还有亲手采摘的果实那么甘甜……你在的地方，处处可喜。

他邀约的不止我一人，向他表示感谢的也不止我一人，但如此表达的，我相信，仅我一个。

写 信 给 自 己

亲爱的你：

你最近去过的特别的地方是哪里？

你一想起就心怀感激的人是谁？

你是如何向别人表达真诚谢意的？

你值得拥有你想要的美好

早想去见她，约了一次又一次。她也想见我，邀了一次又一次。不是她忙，就是我忙，终未成行。

终于，一日下午，念于春在枝头已十分，若待于一处，便会负了大好春光。去见她，说去就去，她刚刚说了“我接你”，我已说“我在楼下”。

我们往往想，改天吧，下一次吧，做一件事，见一个人，只要不能实现，便能找出种种理由。其实，哪里有那么复杂。我们是忙，但又不是忙到毫无空闲之时，只不过是行动输给了借口。

她开了工作室，从一个，到两个，一个在高层，一个在社区，她教人画画，自己也画。工作室装修风格简约文艺，整面墙刷了黑板漆，容学员在上面各种涂鸦。忙时，她俯身为别人，说画画的技巧，也讲色彩的运用；闲时，她一个人面窗而栖，思考，画画，一幅又一幅。她爱画画，从很小的时候，身边人不懂画，告诉她人要有立身之本，画画给不了她。

她在大学做老师，去公司任职，她给自己五年时间，如果五年之后自己还喜欢画画，那么她便以画为生。大学毕业五年，她听到有个声音从心而来：是时候了！

是时候做自己真正喜欢的事了，她辞职开工作室，给媒体画插画。她给我看她素日的练笔，我已觉很好，她却说每天都要练笔，不厌其烦，一是真的喜欢，二是要进步。有的人喜欢名利，有的人喜欢金钱，她喜欢的是画笔在速写本摩挲的沙沙声，喜欢的是翻看书页的哗哗声，喜欢的是用小刀一点点地削画笔而不是用削笔刀快速地完成。她最喜欢说的是：慢慢来，急不得。

她有着急的事，比如这天，她急于邀友人去她喜欢的附近公园写生，友人因事爽约。倒没想到等来了之前盼了许久的我。

她煮茶给我喝，她说喝完这一杯，我们去公园看花，如今花开正好。附近公园不像别的公园嘈杂，正是因为她喜欢这个公园，所以她将工作室选择在了附近。

这公园之前我也有去，不觉得有多好，但与她在一起，发现了它的好，也关注了它的美。

未进公园，只从栅栏伸出来的花枝，便醉了她的眼，声声赞美脱口而出，恨不能拉住我衣襟到花前：看，这一枝多美！这叶，这花，这枝的折弯，线条感天然而成。

刚踏门而入，她将眼前硕大法桐指给我看：看这棵树，树如人，一枝一枝是树的血脉，枝头的小毛球不是花，却胜似花。还有那一棵树，挺拔地站在那里，没有言语，沉默而有力量；还有这一棵，完全就是一幅画，姿态那么优美，大自然是上苍给我们的财富……

来公园的人都在看花，她却在看树。我看花，也看树，在花下仰望，在树下驻留。我与她原本约了许久，以为会有很多的话要说，但这些一起领略过的美，哪怕不说一句话，也胜过千言万语。在长椅上闲坐，头顶是盛开着洁白花朵的海棠，树大花香，真想就这样坐上小半个下午，让整颗心都沉浸在大自然里，听她分享美，讲述爱。

她带了画笔，原本要写生，为了陪我在公园里走上一走，她放弃了写生的念头。我央她不要在意我的感受，她未从。告别的时候，我想到某一个清晨或午后，在公园的花树下，她拿着画夹，将这大好春光一笔一画地收进她的画笔里，如果恰好有人路过，将她定格成一张照片给她看，我想她一定会微微笑，因为连她自己都会觉得她和头顶花、眼前树一样，都属春的一笔。

就像我，回家看到她发来的照片，原来，她偷偷在背后拍了许多个我，看花的，望树的，回眸的，俯首的，我想要珍存这些照片，因为它也属于春的一笔。

对了，我去见她时，还特意带上了我的小姑娘。我带上小姑娘的理由是：她要多接触些美好的女子，那样在她日益成长的每一天里，也会逐渐接近美好的模样。

写 信 给 自 己

亲爱的你：

你是一个美好的人吗？

你认为美好的人需要具备哪些条件？

你怎么理解“慢慢来，急不得”这句话的？

日月同行，有你为伴

湖边散步。微风习习。秋天的夜晚最好，不热不凉，清爽怡人。

心情也是好的。尽管他一句句地苦，哪怕不说苦，也是声声叹息。

我说，你看那湖面，晚风轻抚着涟漪。

我说，你看那夜灯，湖水映澈着光影。

我说，你看那女孩，眼睛里都是笑意。

我说，你看那小狗，奔跑中都是欢快。

我说……

他说，我无心看风景，对一切了无兴趣。

他说，人生为什么这么苦，我不知道明天该怎么过。

他说，每次都要在别人面前强颜欢笑，不想也无可奈何。

他说，活得太累太苦，我想过跳楼，一了百了。

他说……

两个人并肩同行，我说我的甜，他说他的苦，他知道我，我知道他，此刻，全世界这么多人，只有彼此的距离最近，可不是说了吗，世上哪里有真正的感同身受。

我没有太多的人生道理，也觉说出的每一句是多余，只好沉默，感受风是风，水是水，他是他，我是我。

走着走着，路遇长椅，歇息片刻，他坐着发信息，一会儿输字，一会儿语音，忙到眼中无物。我坐着看水，小船在水中游，缓缓；行人在岸边走，慢慢；就连炫彩灯光也不觉得刺目，只觉夜色温柔。

低头有水，抬头有月。月真是亮，弯弯的一牙，说它近吧，它远远地，说它远吧，它又近近地，像在天边，又像在心里。

我指着天空的方向说，你看，月亮。他抬头，看了一眼。也只是一眼。

同一个位置，同一弯月亮，不同的人看，便是不一样了。

继续走，他继续握着手机，哪怕没有任何讯息。我从未见他将手机放进包里或口袋里。他永远忙。不忙也让自己忙起来。忙着才觉得有事可做，有钱可赚，有未来可期。

他每天见很多人，一拨又一拨，说很多话，一次又一次，只要有一点机会，他都想要牢牢抓住。

他表面上比谁都光鲜，住最好的房，开最好的车，但他每一天都度日如年。他笑给别人看，夜深或实在熬不下去想哭时，又忍住想要留一点力气给明天。他羡慕真正发自内心笑着的人，也羡慕想哭有时间就哭有力气就哭的人。

我从来不曾羡慕过他，尽管他呼风唤雨，在我眼里，还不如我赏风听雨。我不是富足的人，但至少，我开心时就笑，想哭时就哭。

绕湖而行，不知走了多久，人渐渐多了起来，人人不是看湖，是看这座城市的地标，它高而亮，闪着金光，一层又一层，一圈又一圈，耀眼到夺目。

我们也看，仰首而望，不说话，只那样站着，已觉心里敞亮许多。

我说，我在下面仰望过它很多次，想象过在最高层俯瞰整个城市，我想那一定是美极了。

他问我，要不要去？

我诧异，现在？

是的。

说去就去吗？

是的，说去就去，就现在。

从一楼到最高层五十九楼，坐直梯不过几十秒时间。不是落地窗，也不是旋转餐厅，轻柔的音乐和所有咖啡馆没什么两样，只是从楼顶向窗外望去时，我极力掩饰住内心的雀跃，灯光装饰的城市，犹如镶嵌着一颗颗钻石，璀璨夺目。

如果说，爱上一个城市，是此刻；如果说，重新爱上一个城市，也是此刻。它美丽而耀眼，它神秘而丰富，觉察到自己的渺小，却又为自己生活在这片土地上而庆幸。

回头看他，依然盯着手机，不停地发信息。绵软的沙发椅，他不曾感受到；轻柔的音乐，他不曾感受到；就连窗外尽收眼底的夜景，他也不曾去看一眼。

我问他，你对所有都无动于衷吗？他答，钱。

的确，他正历经难关，是一种劫，他有过钱，如今失去了钱，会认为钱比任何都重要。

我低头喝茶，甜而润。我说，可否先喝完这杯茶，放下手机，什么也不想，不去想钱从哪里来，不去想明天该怎么办，只安静地喝完这杯茶，感受此时此刻，和这一杯茶。

他拿起杯子，咕咕咚咚几口，想必也没听进去我的话。也是，对一个有过钱但现在没了钱的人，的确所有的语言都是苍白无力的，除非拿钱放在他面前。

自始至终，从最低层到最高层，从最高层到最低层，从那半边湖，到这半边湖，我是我，他是他，我心里装着清风明月，他心里装着忧国忧民。

他说过，他的人生很苦，只需要一点点甜就够了。可是，如果一个人苦海无边，一点点甜怎么能够。非但甜不了他的人生，连甜的人自己也走着走着，觉得灯光暗了，步伐重了，叹息多了，不自觉地忧愁了。

可见，和苦的人在一起，有甜的能力是次要的，重要的是要有强大的内心。

好在，湖边告别后，我尚未到家，便收到他的信息：再难都要走下去，总有天晴时。

次日醒来，阳光照射枕畔，想起昨晚夜游，恍然若梦。果然是晴天。新的一天开始了，曾并肩过的人，在这个陌生又熟悉的城市里，过着相关又不相干的人生，甜的也好，苦的也罢，都要走下去，谁又敢断定自己会永远甜着或永远苦着呢。

甜着，尽管地去感受甜，珍惜甜；苦着，尽管地去克服苦，化解苦。

唯愿他日再相逢，假若同赴湖边，只说清风夜话，没有叹息，少了哀婉，可以没有甜，但也不必苦。还有，月光正好。

写 信 给 自 己

亲爱的你：

你生命中的苦是什么？

你生命中的甜是什么？

你如何定义“富足”二字？

相逢的人会再相逢

接到一个陌生的电话，听到一个不陌生的名字，尽管我已经很多年没有再提起过这个名字。

电话里，他说：一直在找你，终于找到你。

不知要说什么，恍若隔世，都过去这么多年了吗？

当晚辗转难眠，翻箱倒柜找寻一只箱子，箱子里有青春时的日记，满满的，一本又一本，每一页都写得密密麻麻。

他大约在哪一年来到我的生命中，又在哪一年离去的呢？循着隐约的记忆去找寻他的影子，原来，这一笔一道，令人犹记在心，认识他那一年，我才十七岁。

我们写信，作为笔友，不约见，不失散，就那样一直一直地写下去。十几岁的年纪里，多的是眼泪和叹息，还有困惑与迷离，统统在信里说给他。

他性格洒脱，风趣幽默，写了一手好看的钢笔字，笔友不止他一个，但我常常盼信而来的是他。

有几次他忽然消失不见，我也不找他，只是做着自己的事，顺便等他的信。他的信再次出现时，我也不问原因，来就来，走就走，一直到二十多岁，他把自己打包寄到我面前……

电话里，他说，一直都忘不掉，我去见你时，是初夏的黄昏，我骑着车，你坐在后座上，我们走走停停，一直到夜深。

彼时他读警校，邻近我的城，于我，想见，又不敢见，直至临近毕业。他个子高，我看不到他的眼睛，即使面对面，也不知道他说的话是出自真心还是假意，所以，当他说出“跟我回我的家乡吧”，我有点犹豫，但也未起身。

他再次不见，这一次消失很久，久到杳无音信，久到从未再想起，直到这次电话里他报出他的名字。

他过得很好，在县城做警察，家庭幸福，忙而充实。

他讲起消失的那几次，一次是高考落榜，被家人强送到陌生的异乡复读，断去所有往来，只为高四破茧成蝶；还有一次是大学毕业到镇上派出所任职，理想和现实的差距很快磨去了年轻人的锐气。他说，连自己都不喜欢自己时，想着他人也会不喜欢的吧。

从十七岁到二十几岁，有他陪伴的那几年，我异常忙碌，终日为情所困，每次伤过还要在信里剥开伤口写给他看，他不厌弃，也不嫌弃，一封封地听，一封封地回，他在信里写：想在你累的时候在你身边做一些事，实实在在的事。

紧接着一句，他用好看的字写：真想一辈子做你的恋人，那样至少一辈子可以活在温柔体贴的爱中。

若不是深夜翻阅旧信，我已忘记青春的年纪里有这样一个人曾写过这样一些动情的句子，以至于经年之后再次读起，在回望青春的刹那，仍禁不住泪盈于睫。

那次电聊不久，收到他的来信，仍是旧时字迹，他写：

这些年虽未书信往来，却在心中萦牵，时而深深如昨昔，时而浅浅似眼前，多次想见你的冲动一次次被冲散，不是不想，是怕惊扰你的清梦和静好，宁可此生不相见，也不想带给你一丝伤害……生活中，我们不缺少倾诉和聆听的对象，但是今生如斯者，你是第一人，所以我珍惜，不舍也不愿失去，愿继续做你忠实的读者与听众，写信给你，等你来信，像很多年前一样……

我俯首写信，一边写，一边想，并暗自祈愿，若有可能，愿所有有缘的人历遍山河岁月之后，仍能够继续相伴，哪怕永不相见。

写 信 给 自 己

亲爱的你：

十七岁时陪伴过你的人如今怎样了？

青春里最值得记忆的人是谁？

你愿意去主动寻找一个你念念不忘的人吗？

总有人会将你视若珍宝

情人节这天，办公室的女孩子们在拆分一束玫瑰花。

我问了句：什么情况？

一个个笑笑的，比玫瑰还好看。

有人偷偷指了指角落里的女孩，我看过去，她脸颊绯红。

她生性内敛，鲜少有话，想不到有男孩在雪天踏着泥泞的路抱着红玫瑰来送她。

不知道送了几朵，这一朵，那几支，人人有份，我也不例外。

她拿了三朵给我。恋爱真是一件甜蜜的事。明明恋爱的是她，我心里仿若吃了蜜。

总想禁不住多问几句，她羞矜地答，也是刚认识没多久，也不知道以后会是什么样子。

人生再美，怎如初见。以后，以后是以后的事。只要此时此刻是爱着的就好。

她话不多，每一句都是笑着的。男孩雪天里的突然造访也是值得的，他看不到，玫瑰替他看得到，看到他喜欢着的女孩，因为他的存在，是笑着的。

情人节这天，想起朋友说过：总会有一个情人节，我再也不会想起她。

朋友高中时喜欢过一个女生，女生高他一届，高考时考到了苏州的大学。他向往北京，但为她，将志向改为苏州，阴差阳错，他最终被上海的大学录取。

有遗憾，没关系，至少比在北京离她近。

大一的情人节，他用攒了很久的钱用来买车票和礼物，不敢对她说，怕打扰到她，只说到上海看看东方明珠，顺便来看看同学。她说没在学校，去外地了。

他带着失落和遗憾想要离开，又觉得不甘心，见不到她，到她的学校走一走，看一看她平时学习和生活的地方也是好的。

世界那么大，又那么小，他遇到了她，在她的学校，她和一个男生并肩走在一起。

她走了很远很远，他还在默默地目送着她，身边的兄弟喊了几次，他像听到了，又像没听到，恍恍惚惚的，如坠云端。

那一夜，他喝了酒，从未有过的多，他抱有一线希望，电视剧里演的都是无巧不成书，也许那个男生是她表弟，是她同学，是无关的人。他发短信向她告白，一句一句的，从高二时第一次见她，一直到编写信息的这一刻，他都喜欢着她。

像他想象的那样，未回。

后来，兄弟再和他聊起那次情人节之行，他对她只字不提，却问这个在上海已经待了好几年的兄弟，那天是不是这几年里上海最冷的一天？以至于之后几年的每个情人节，不管他在哪儿，都觉得这一天特别特别冷。

直到他遇见另一个女孩，一抹笑，如同一抹暖阳，照亮且温暖了他的每一天，当然也包括后来的每一个情人节。

这世上，总有一个人会将你视若珍宝，不管你是内敛的活泼的，还是富有的贫穷的。

常有年纪轻轻的女孩子问我，言语里都是苦恼，该怎么办呢，总是找不到合适的那一个。

不要急，玫瑰之所以被人喜欢，是因为它花开正好。

我问收到玫瑰的那个角落里的女孩：幸福的人儿，是不是今天好甜蜜啊？她说：也没有，只是觉得他的存在让我不管是过节还是不过节，都不再那么孤单了。

我问那个在情人节被冷过的朋友如今他和她过得怎么样，他说：和很多恋人一样，有甜有苦有吵有闹，但是，没分开。

在一起，就好。不管是她和他刚刚开始，还是他和她最终没分开。

我也曾收到过玫瑰。不止一次。

情人节这天，天空飘着雪，上班路上，我和明先生沿雪而行，步履不停。

一个小时的路程，走走说说，他牵我的手，挽我的臂，提醒路滑。

我说起那一年的玫瑰，因逢情人节，正在老家过年的他匆匆赶回，沿着积雪泥泞的路，只是为我送上一束红玫瑰。清晰地记得，我跑过去，昏黄的路灯下，雪缓缓而落，他抱着红玫瑰笑笑地迎向我。

以前不懂珍惜，认为得到他人的爱本就是理所应当的事，恼他，怪他，就连他为过节泥泞一路采来的玫瑰花，我也觉得是小题大做。

后来才知道，该珍惜的是，有爱，有爱着的人，当然也有玫瑰。

玫瑰虽小，但情意重。不是所有相爱的人都会赠送玫瑰，但肯定的是，没有一个不爱的人会赠送玫瑰。

情人节这天，明先生没有送玫瑰，而是写了一封手写信给我：

第十八个情人节，我们还在一起，想来这么多年都没有送过你什么像样的礼物，心下觉得愧疚难抑。

曾经忐忑期待的这天现在似乎也变得平淡如常了。一起彼此陪伴走过的这六千多个日子，与情人节比起来，于我是更幸福更富有的存在。

下雪的情人节，多好多美，有人表白，有人牵手，相爱的人总是希望能一起到白头的吧。

早晨与你一起踏雪而行，细雪簌簌而落，脚下清白有光，能和你一起走一生，是我许下的毕生心愿，多想这样一直走下去啊，不觉得累，不想尽头，不在乎路途遥远漫长，牵着你的手，便是心之所向，素履以往。

想起最近对身体健康状况的担忧，心下便决定要好好照顾好自己的身体，照顾好你的身体。我们还有更长更好的人生，更幸福的生活，更深沉的爱需要彼此。

有你，不惧半生蹉跎，不惧鬓间花白，这是岁月奖赏，时光的回答。

有你，余生心安。

虽然没有玫瑰，但是明先生让我在关于爱的节日里，从来没有羡慕过任何人。

我给他说，除了他的信，我有四万朵玫瑰花，之前在别处看到的一段话，我一直存留着，在情人节这一天送给他——

我的院子里有四万朵玫瑰花

每天早晨，我就捧一本书坐在门口

所有的人路过，都要称赞我的玫瑰

也有想要折去一两朵的

我通通不理不睬

直到那天你来

笑眼眯成月牙问我，看的什么书呀

我就知道

这四万朵玫瑰花

通通是你的，我也是你的

写 信 给 自 己

亲爱的你：

你最难忘的情人节是哪个？

你希望喜欢的人送你什么礼物？

你想对谁说情人节快乐？

做一个有能量的人

她来见我，以朋友身份。

几分钟前正晴朗的天，突然下起了大雨。我奔向约定的路口，雨水打湿了脸颊。妆容已毁，也没关系，再美也美不过她。

她是美人儿。所以，尽管三年未见，尽管是人生中第二次相见，她一下车，我便认出了她。长发，白裙，妆容精致。依然是三年前初见时的美。

我大声喊她的名字，向她招手。若不是雨，怕她淋到，我想默不作声，好让她站在路那边多待一会儿。

女人长得美，穿得好看，又怀抱鲜花，任谁路过都会多看一眼。

有的人生来就是装扮这个世界的。

她跑过来，我挽着她的臂，急切地想将雨甩在身后。

落座在不远处的餐馆，是她喜欢的风格。她说，吃什么不重要，重要的是想和你聊聊天。

从去年夏天到今年夏天，说好要见，一直未见。一天天，短得一眨眼就过去了。

认识她是三年前的一次活动上，她很美，又和美女头抵头在一起，格外注目。互加了微信，不曾深入聊过，偶尔看朋友圈，看她常转发些美图美句，每一张都是生机，每一句都是能量。

不曾在意窗外是否雨落雨停，眼前都是她，桌上的菜都想不起去吃，耳朵里都是她的故事。

原来，她历经千山万水，才有了如今释然了悟的模样。

我们遇人，不只肤浅认其表面，而要探其内心，也许，那个擦肩而过的男人因事业失败昨夜刚刚买醉过，那个说话刻薄的女人也许正为孩子的学费而焦头烂额，那个没礼貌不知道在公交车上让位的女生刚刚和男朋友分手正情绪崩溃，那个淋成落汤鸡样子很难堪的男生在下班时把伞借给了没伞的同事……

我初识她，只觉她美，却不知她彼时正处低谷。她乖乖女，一路顺风顺水，在上市公司任职，嫁给名校才子，在深圳小房换大房，小车换大车，儿子天使一样呱呱落地……人一生的顺和不顺是有定数的，也许是太顺了，问题一旦出现，已是迎面巨浪，结束婚姻，儿子被老师判自闭症，离开原来的城，颠沛流离。

最难的时候，他出现。以为终于靠岸，随他在新的城市定居。不曾想，一浪比一浪高……

我听着，想她这几年的煎熬，好想抱抱她。她如今能够笑着讲出来，一定是那时候日子太苦了，积存了太多的甜，现在是时候要一一还给她了。

日子这么长，还是有盼头的，至少一天在比一天好。事业遭遇瓶颈期，跨界转行也不是不可以，怕就怕在一边抱怨现状一边又放弃改变。她说，接触有能量的人多了，自己变得也有能量了，想将此能量传递给更多的人。

每个人呈现给外界的都是假象，真正的自己，是光鲜亮丽还是狼狈不堪，无须他人知道。她知道的是，就像能量一样，传递美也是，看得美多了，分享美多了，自己自然会从外表到内在被美所滋养。

所以，她是美人儿。尽管她谦逊。我说，最美的是美而不自知。

长聊之后，清浅拥抱，分别在相见的路口，天已转晴，只留路上这一处那一处清汪汪的雨水。看她踏过雨水，衣袂飘飘，头也不回，温柔而坚定地向前走去。

我抱花走在路上，明明听到的不是一个暖甜的故事，嘴角和心里却都是愉悦。也许，我从她那里收到的，不仅仅是一束花，而且还有能量。

写 信 给 自 己

亲爱的你：

你是一个有能量的人吗？

你认识的最有能量的人是谁？

你是如何将负能量转化为正能量的？

活着，
其他都是小事

她常常发来图片，什么也不说。图片是静默的，天空，云朵，屋檐，树木，偶尔会有她的影子，落在地面上。

我想知道现在的她是什么模样。但又想，我们常人往往要用衣饰来装扮自己，以至于每一次看到因穿了不同的衣服而生出不一样的感觉。

她非常人。

她终年穿青衫。

她瘦，走起路来，青衫生着风。这是我想象中的她。事实是，自五月辞别，我再未见过她。

她发来她的消息，多是图片，从不敢坐飞机到常在异国飞来飞去，直至去年在菲律宾长居。

今看到她发来的图片——澄澈的海水，大片的云朵，放生的人们。她没有多言，只一句：我在马尼拉，来这里的佛学院学习半个月。

而此时，我正坐在理发店为剪一个什么样的发型而思虑再三。

再看她发来的照片，她的证件照，果然青衫，表情安然，未着一发，却是美丽至极。

我极少发照片给她，她不需要这份俗世的热闹。我只发只言片语，隔着大洋大海，隔着长夜白昼——

有时说：深夜想起你，还好吗？

她回复：还好。活着呢。其他都是小事。

有时说：你此刻在做什么？

她发来一扇窗，透着点点绿。

有时说：你越走越远。

她发来天空的小视频。

我说：勇而无惧的是你。

有时说：写信告诉我海今天什么颜色。

她回复：阳光下的海和云朵下的海，颜色是不一样的。这好比你和我眼里的海，颜色是不一样的。

……

不开心时会想起她，哪怕彼此什么也不说，只一声问候，已是一种力量。

我们都不提那一年五月，她剃度之日，我跋山涉水赶过去。我不懂佛，但我认为那是她人生中最重要的事，我本应在场。

只是，自剃度之日起，我回到原地，她展开双翅，飞得越来越远，像我今天看到她发来的图片回复她的那样：你看到的天空越来越美，越来越宽广。

写 信 给 自 己

亲爱的你：

你深夜会想起的人是谁?

你给予过谁继续下去的力量?

你人生的路有没有越走越宽广?

走过的路，都是心愿之路

想要出去走一走，哪怕只是为坐坐火车。真的去了。说走就走。不知道要去哪里，她说，去成都吧。我说，好。

连夜买了火车票，晨五时起床赶火车。火车开到天亮，已是千里之外。没有攻略，没有接站，没有住处，也不知下了车要去往哪里，未觉得慌张，只想这一路欢欣歌唱，至少已经在路上。

她在我身边，说话，沉默，分享一只橘子。我问她想去往哪里，她说：你去哪儿我去哪儿。她大我几岁，素日对我照顾有加，此时却像个小孩，无所适从，又因为我在，无所畏惧。

她会用手机，但仅限于接打电话，交流信息。查询，购物，买票，约车，凡需线上操作的，她一律不会。她不是不善于学习，也不是耐心不足，她每日晨起煲粥煮食，不仅早餐，为照料好家人的胃，她花费时间与心力去学习刀功，做法，摆盘，每一餐都是新的，从来不重样。

她享用美食，所到之处先以吃为主，不像我，走走看看便已足够。她对我热烈，总认为我吃不好，不管在宽窄巷子还是在锦里，她点餐多，且在就餐时多次催促我“吃啊，多吃”。纵使我口不停歇，她仍是夹菜给我盛汤给我，此时，她又恢复先前模样，姐姐般照顾着我。

认识她时，我刚毕业，体瘦面黄，她怜惜我，带我到她家煮面给我吃。怕我热，她让我在空调屋里看电视，她一人钻进厨房热到满头大汗，煮了面自己因减肥又不吃，就那样坐着看我吃。彼时，除了母亲，再未有人如此待我。

多年过去，相见的人中多成了再见，唯她一直与我，说朋友不是朋友，说亲人不是亲人。

再亲近的关系，也有各自的人生，看似交集，又不相交，走在成都的街头，我与她近乎默契地说起：这是我们第一次相约而行。

路那么长，走啊走啊像是永无尽头，过马路时，她牵我的手，从人民公园走到春熙路，从太古里走到方所，从杜甫草堂走到武侯祠，没有一张面孔是熟悉的，但并不觉得这个城市是陌生的，只因为她在我身边。

夜那么长，够我们说完漫漫青春，说完隐秘心事，两张床挨着，好比两颗心挨着，都不知道几点了，还一直说个没完。

我们还去看了大熊猫，只只可爱。去之前，她买了一副头箍给我，上面嵌有两只小熊猫，一只黑白，一只粉红。我都长到这般年纪，在她眼里，依然像刚相识那样，在人群中亲昵地唤我：妞妞，妞妞。

都江堰的路程有些远，坐在车上，她渐渐低下头去，落在我的肩头。我也迷迷糊糊睡去，醒来看她的外套搭在我腿上。下车，问路的人同行了一小段路，笑问我和她是不是姐妹同行，我答是的。

凡是向别人提起她，我都直接说“我姐”，但在她面前，我从未喊过一声姐，好像已成了习惯，我还未张口，她就已经站在了我的面前。

她在我面前，一周的时间半步不曾离开，我们就这样慢慢地走，在以慢而得名的小通巷，一扇门一扇门地看，一家店一家店地逛，门口有花，有椅，起身看花，累了坐椅。店有美裳，她试衣，每次都问我好看不好看，我点头或摇头，她都认为是对的。我看中一件红裙，试了试，有些宽松，遗憾放回衣架。

终于返程，坐火车，依然靠窗，六七个小时，不觉得漫长，我教她线上操作，她教我制作美食，头抵着头看这一路拍过的照片，有的好看，有的不好看，但能够看得出来每一张都是心愿之路。

回来不久，她趁中午下班来送我红裙，正是我试过的那件。原来，她见我喜欢，便趁我不注意时买了下来，并在改良之后送给我。

我穿着红裙，走在风里面，想起说走就走的远行，及一路同行的她，留存心底的不仅仅是美景，更多的是相挽着手一步步行进的欢喜和温暖绵长的情谊。

写 信 给 自 己

亲爱的你：

你最好的同性朋友是谁？

你最想和哪个同性朋友一起出行？

你有着怎样的心愿之路？

Chapter 4

寻常日子里的光

我只活过这一日，
便觉得在这苍茫的人间，
如此生活，
已是多么简单的幸福。

生活原本的样子，就是简单地生活

去看一个朋友，有大的院子，不知是院子太大，还是人太少，走进去，总感觉院子就是她家的院子。

沿窗攀援而上的丝瓜是她家的。泡沫箱里结着青的红的辣椒是她家的。蜜蜂蚂蚱用来捉迷藏的花蕊是她家的。就连那河那桥那柳那泛着的柔波，都是她家的。

她欢喜得很，不知是因我的到来，还是她原本就这样，说一句，笑两声，又没其他人，都被我听了去。

我拿着手机拍照，我拍辣椒，她说那边有丝瓜；我拍石榴，她说前面有红柿；我拍指甲花，她说那边有木槿……更好的，都不在当下。也好，心有期待终归是好的。

偶遇他人，她响亮地打着招呼，一个，两个，多了，我觉得好奇，她说，我和你原本不也是陌生人吗，后来不就认识了。

她把刚洗好的小薄被晒到院子里，两个小孩子，他藏那边，她藏这边，一条被子隔在中间，他追她，她追他，奔跑着，欢笑着。

我和她分别站在两侧，一边有一搭没一搭地说话，一边看小孩儿跑来追去。一玩闹起来，小孩儿就没个停歇，不知站了多久，自叶间滴落起小雨点来。

我央她收被子，她说，不急，等等看，这雨，看样子下不来。

我们无所事事地等小雨点过去，小孩儿热闹如鸟雀，果真吸引了鸟儿来，憩在长势喜人的丝瓜藤蔓上。

她指给我看，小声的，怕惊飞了鸟。我看到的，还有一只丝瓜，翠翠的，挂在二楼的窗前。那是她的窗口，从开花，到结果，到慢慢长大，观察它，成了她每天早起要做的最重要的事。

有白头发的老太太经过。她笑呵呵地迎上去，夸赞丝瓜的好。原来是老人闲来无事，随意丢了种子在窗下，竟然真的是种瓜得瓜。

这儿藏了一个，那儿挂了一个，大的瓜，小的瓜，她们说着，笑着，找着，连追逐嬉戏的小孩儿都吸引了过来，争先恐后地嚷着：哇，这有一个！哇，那有一个……

早已忘记了小雨点，也不知道它什么时候停了，我们只管继续走下去，从这一棵树到那一棵树，从这一条路到那一条路，从这一幢楼到那一幢楼。

不觉中已近正午，我要走，她执意不肯，她和家人包饺子，豆角瘦肉馅，煮在锅里，沸腾着，滚圆滚圆的。

我吃，一碗不行，还要我吃两碗。水果摆了满桌，一会儿让吃这个，一会儿让吃那个。我吃不下，走时，她装了满满一袋子，吃的，用的，玩的，大人的，小孩儿的，甚至连未吃完的饺子也一并让我带走。

她说，饺子带回家，晚上你热一下，不用做饭了，省事儿。像是我走亲戚，非要给回礼一样。

她送我，又在院子里走了好大一会儿，她说，下次来，我们再去西院转一转，大得很，人更少，小孩子随意跑，又安静，够我们说好久的话呢！

我说，好啊好啊！

我走了好远，回头看，她还站在那儿，像院子里的一棵树，随时等着一只飞累的鸟就此停憩。

写 信 给 自 己

亲爱的你：

你认为简单的生活是什么？

你在简单地生活着吗？

你理想中的居住环境是什么样的？

凡美好的，神都垂爱

晚餐后去散步，一开始是为了缓解电脑前劳累一天的腰酸之痛，渐渐便成了日常。

没有别的目的，就是要走一走。走上多久，走上几圈，都没有定，何地停，何时归，随心。

每次都有她相随，她乐意，牵着手，有时我忘记了，她提醒我：牵着我的小手呀。

我牵着她，小手真小，禁不住在手里用力握了几下，她咯咯地笑，笑着跑掉，笑声吓坏了蝴蝶，也跟着跑掉了。

我不跑，只走，慢悠悠地，看到猫咪逗两下，看到邻人说两句，看到花朵闻上一闻。

有一朵白玫瑰，开得碗口大，花瓣儿裹了一圈又一圈，像裹着少女的秘密。我唤她来看，她仰起头来吻它，够不着，她踮起脚尖儿，嘴唇轻触花瓣，不知是她吻白玫瑰，还是白玫瑰吻她，反正我是觉得从此她的嘴唇有着白玫瑰的清香了。

看了闻了还不够，我用手机拍下它的样子，离开它时，对着屏幕看了又看，看着看着，就觉得芳香从屏幕里快要溢出来似的。

哪怕雨后，晚餐后也要去走一走。她穿着雨鞋，啪啪地在地面上踩出雨花，溅得衣裙上都是。她才不管，只管踩着，笑着，还不由得说：真好玩啊！美好的一天！

“美好的一天”，几乎每晚睡前，她说完晚安，都会闭上眼睛，说一声：嗯！真幸福！美好的一天！

听的人都因她而觉得，嗯！真幸福！美好的一天！

熟悉的家园，每天都走，走得多了，也没觉得有什么新奇的了。于是，看到楼顶上养着的鸽子在飞，滴水的树木散发着清香，无炊烟的厨房有人在准备晚餐，我一一指给她看，告诉她这就是爱与平常，也让她懂得这是尘世之美。我读诗给她听，诗人叫徐红，名字和诗一样，再平常不过——

暮晚有几只鸽子在飞。

梧桐树散发清香。

年轻的女人在厨房里准备晚餐。

盘子里有水果和面包，

灶火上煮着香浓的汤。

多少年过去，亲人近在身旁。

膝下的孩子一天天长大。

在这苍茫的人间。

满天星光，草木青了又黄。

生活是多么简单的幸福。

“尘世之美，像果子包着核。光倾进夜。”

凡美好的，神都垂爱。

不是诗平常，是暮晚本就平常。

暮晚雨后空气清新，院子里树多，最喜的是石榴树，一树绿，点点红，好似谁家的小女儿，每一朵里都有着隐秘的初绽的喜悦。

我仰头看石榴花，她蹲在树下拣拾花瓣。我为逗她，轻抖一花枝，藏起来的雨珠全跑了出来，还有几颗调皮地落进了她的脖颈里。她笑着起身，非但不恼，还说：真好玩！

不知道走了几圈，就这样走着说着玩着，完全忘记了腰酸腿痛，遇到秋千上无人，坐上去荡那么几下，耳朵里灌着风，眼睛也辨不出，不知是她高，还是我低。

她如果恰好结交了新朋友们，我就站在那里看着，也想到翻了电话簿趁黄昏正好打电话给一个人，但想了想又作罢，并不是所有人的黄昏都用来散步。

恰又看到那朵白玫瑰，便将这一朵夏日分享了出去，留言：初夏黄昏的微风里，有玫瑰的香气，赠你一朵夏日，若不赠你，怕以后再也没有机会。

不多时，收到回复：闻到了香。

隔了一会儿，又收到回复：怎么了，再也没有机会？

我笑了笑，未言语。只闻到了我赠予的夏日清香便好。

许是上了年纪，抑或常年伏案工作，颈椎有恙，为此常有不适之感，以至于我对身体也常有所警觉，从开始的不适，到接受，再到与之共处，甚至感谢它让我开始关注身体的每一点变化，同时也让我体察到生命的珍贵之处，每一天都像是活着的最后时刻。

所以，即便是晚餐后散步最平常不过的事，即便是一朵最普通不过的花，我也觉得今天有，明天未必再有。

今天有我，明天未必有我。今天是我的，明天未必是我的。比如这夏日黄昏。春会失去，夏也会离开。

我只活过这一日，便觉得在这苍茫的人间，如此生活，已是多么简单的幸福。

写 信 给 自 己

亲爱的你：

你认真关注身体的每一点变化吗？

你有过美好的夏日黄昏吗？

你认为什么样的才是你要的幸福？

享受到这种美的人，是幸运的

母亲门前的樱树开了。

她说，你没有见，昨天几个小女孩在树下玩，风一起，像下雪一样，花瓣打着旋儿的四散飘了下来。

我写过这棵樱花，在去年的春天，我写下《一朵光阴》——

母亲门前的樱树开花了。绿的叶，白的花，一朵一朵。

每天下班抱了小姑娘在花树下仰望，告诉她花朵有多美。

美好的事物人人都爱，所以，不用教，这次说了，下次她便会学着我的样子，仰头看花，轻轻吹气，呼，呼，视为风，花朵微颤，见状，小姑娘咯咯笑。

不急着回家，春天这么好，夕阳不急着坠落，总给人大把大把的时间，只是用来虚度，看花，说笑，把小姑娘搂在怀里。

看了一会儿，想起拍照。如果可以，每年春天樱花开，都在树下拍一张小姑娘的照片。

一年年，樱花依旧盛开，不同的是，小姑娘长大了，我老了，母亲也将不在了……

春日至，又见樱花开。

最美意境不过是，不知不觉睡着了，梦里花落知多少。

樱花树下，长大了一岁的小姑娘睡在我的怀里，我坐小板凳上，看一朵一朵的樱花。

母亲说，屋里有床，你偏要坐这里。

我没回答她，就只是想这一刻无所事事地待着，怀里睡着心爱的人，头顶是一树繁花盛开。

看了好大一会儿，心想要把这一刻记录下来，拍下来也好，待小姑娘醒来，我给她看，或讲给她听。

我想告诉她，她入梦的片刻——

有年轻妈妈带着童花头的小女孩来了，小女孩站在树下拍照，花枝挡了脸，脸上有阳光。妈妈才不管，只要小女孩和花朵在一起。

有小男孩独自跑过来，仰着脸看花说，好美的桃花啊。小男孩不认得花，可又有什么呢，只要他能感受到美，比他认识万物的名字都可贵。

有男子骑着单车路过，停在树下，什么话也不说，只是对着花树拍了张照片。他看花，我看他。

有穿着超短裤细长腿的三个女中学生，或许是参加什么活动，或许是迫不及待地想要将青春展示给世界看，匆匆走过，花瓣飘落，她们头也不抬一下。也许她们知道，她们本就拥有花一样的年纪，一棵樱花又算得了什么。

还有一些，也许别人看到的只是花，只有我自己，看到了蜜蜂，看到了微风，看到了花瓣落在了别处，也落在了小姑娘洁净的脸庞上……

这一天，我做了很多事，但都不及这一刻，让我一想起来就觉得没有辜负这属于我的一日。

顺便也让我的小姑娘知道，她长大后会遇到不止一次困境，但她要想一想，自己的人生曾有这样被爱被暖被美包围的时刻，心也便会不自觉地柔软下来吧。

写信给自己

亲爱的你：

你记忆中的一次花开是什么时候？

你和母亲共赏过什么美景美事？

你的心曾因什么而柔软？

今日宜欢喜

今日宜读书。躺着，卧着，沙发上，床上，明知道这样的姿势不对，可还是想这样闲适地看一本书，不为学习，不为工作，就是为了这样的日子，这样的天气，做这样一件事情。手里的书是什么不是要紧的事，最好是闲闲淡淡的小散文，看完一篇就是一篇，不需浮想联翩，不探情节后续，翻过去就是新的一篇，没负担，无牵念。也可以读金庸，江湖恩怨，快意情仇，刀枪剑雨，读着读着，就成了大侠，不是凌波微步绝世武功，就是打抱不平仗剑走天涯，实在酣畅淋漓得很。

今日宜清洁。桌上，地上，沙发，柜子，阳台，卧室，角角落落，这一处，那一处，都是物品，这也不愿扔，那也不舍丢，终要学会断舍离。清洁是体力活，也是心力活，不着急，做完一处是一处，听着音乐，哼着小歌，让东西回到它应有的位子，不常用的小物件收纳进柜子里，多余的没必要留的直接丢弃。专注地去做一件事，哪怕洗碗，哪怕擦桌，哪怕叠衣，认真而专注地对待它，它就会在不觉中呈现出想要的样子。

今日宜约会。同性也好，异性也罢，准时去赴约。面对面坐着，聊工作，谈生活，茶水续了又续，不觉时间的流逝。偶尔也谈到悲愁，不知该说些什么，沉默也是好的，没有人定要急着听建议，但一定有人急着想倾诉。做一个合格的听众，说了就听，不说也不问。异性约见就不一样了，尤其是自己心仪的，每一眼都是心思，多了怕溢出来，少了怕不够量，从等待的那一刻起，就坚定地认为，今天是个好天气。

今日宜写信。一张纸，一支笔，一个人。这人在远方，也有可能在近处，空间的距离不是问题，信端写下名字的那刻起，这人就是离心最近的。写什么也没关系，写天气，写日月，写看到的书，写听到的歌，写工作的烦恼，写生活的困惑，像写给另一个自己，坦诚相待，无掩饰，无保留。

今日宜散步。管它几点几钟，管它有风无风，清清凉凉的就好，不必跑远，附近就好，有小公园就在公园里，没有小公园就在楼下，走几圈是几圈，也不用跑，更不计时算步。看看树，望望果，野猫三两只，黄的黑的花的，每一只都悄无声息，亦不争不抢，亦不嬉不闹。遇到行人点点头，遇到邻人微微笑，一个人走，慢慢悠悠，不赶时，不赶路，想走就走，不想走就停。

今日宜睡觉。不热不冷，不早不晚，午时一点还是两点，管它几点，困了就睡，也不定时，睡到几点是几点。有梦，好的，宁愿不醒；不好，醒来看自己在床上，庆幸是虚惊一场。无梦最好，管它世界发生了什么，只管睡去。醒了不知是几点，不急着起床，翻翻身，眯眯眼，想睡再继续睡，慵懒的是你，也是这个下午。

今日宜……

说是今日宜……无非是：今日周末，雨天，做自己喜欢的事。只要做自己喜欢的事，任何时候都是——今日宜欢喜。

写 信 给 自 己

亲爱的你：

你觉得今日宜做什么？

你是如何度过你的周末的？

你自己喜欢做的事有哪些？

总有人爱尘世的寂静

有一些字，有一些话，是说给我的。说的人，也不告诉我，说了就是说了，意为：你看到也好，看不到也罢，我只管说我的。

看到，是缘，收存起来，题字：这种静悄悄的小告白，像不经意一抬头，看到的窗外月。

忘记看到惊艳的人是做何感受了。月，它每月都来，可每次不经意看到，还是会惊诧，也可做惊艳。

昨夜，在路上走，猛然抬头，看到月，浑圆，明亮，静悄悄地在夜空中照耀着。我正移动的脚步顿然收住，心下感叹：真亮啊！有人路过我，回头望了我一眼，又抬头看了夜空一眼，继续前行。真想喊住他，或拉他衣襟，来，不要急，停下来，我们一起看一会儿月亮。

踏着月光回家，像在外发现了什么天大的事，快，快，赶紧关上灯，大人小孩齐齐立于窗前，与月对望。小孩儿兴奋，月亮真亮！我也兴奋，月亮真亮！好像白活了这么多年，是第一次看见月亮。

窗前有树，树上有巢，鸟儿飞了去，巢空着，看得久了，以为圆月会落进巢来，它回家了，离我也近了。

夜深，上楼去卧室给小孩儿掖被，路过露台，从门望去，再次被惊到，简直亮如白昼，我推门而出，穿得单薄，还是要站在月光里朝夜空望那么一会儿。它呀，清亮亮的，照得心里清着，亮着，又隐隐的，想要把心事摊开来，清亮亮地敞开给世人看……

如果天暗下去时静谧的月是惊艳，那么天亮起来时大好的阳光便是惊喜了。

阳光真好啊！阳光真好啊！阳光真好啊！一上午我不知重复了多少次，连身旁的小孩儿都忍不住说：你反反复复地说，连我都想让自己的名字改成阳光了。

想这样盛大的阳光下，一定要写信给一个人，把这一字一句的心意连同阳光一起写进去，不知今晚月亮还会不会盛大而皎洁地照耀在夜空，如果不能，也不觉遗憾，即便收不到我的信和信里包裹着的月光，想必他也在仰头望月，不然这么明亮的夜空下，除了望月，他还有什么重要的事要做呢？

我真的找来信纸，在信端写下一个人的名字，又写：我在阳光里写信给你……

如若可以，你也在信端写下一个人的名字，夜晚，你写：我在寂静的月夜里写信给你；白天，你写：我在温暖的阳光里写信给你……

信寄不寄出去是次要的，主要的是，你和你喜欢的在一起，并且记录下来，告诉给了你认为可以分享的人。

比如此刻，我将我感受到的月光和阳光连同它们赠予我的小欢喜写下来，并与你分享，想来你也是和我一样的，在这样一个时代，总有人爱着尘世的寂静。

写信给自己

亲爱的你：

你上一次写信是什么时候？

你在信里夹赠阳光和月光了吗？

你爱着这尘世的寂静吗？

心有清喜

我们去逛夜市吧。

说是逛，其实是散步。夏夜的人们，如同放生的风，躲了一天，终要到外面找到一个去处。

不一定要买什么，只在夜市里走一走，趿着拖鞋，慢悠悠地，只差没有摇着蒲扇迈着八字步。

整整一条长街，两侧满满当当，全是生活小物什，衣服鞋子都便宜到惊人。我们走走停停，停停走走，每一个摊位前都做一停留，没有人赶，也没有人催，这件衣服在身上比一比，那枚头饰在镜前望一望，还有这个小盆栽是放书架美观还是餐桌适合，那条小毛巾是蓝色好看还是红色柔软，从长街的这头到那头，这样的速度走下来，用去半个晚上都不够。

买一杯雪花酪。香草味的。不喜冰，只喜这个名字。捧着它，像捧着一杯清喜。

一阵小风吹来，嗯，真是还不错呢，吃着，逛着，这么多物品，没一样自己想要占有的，却又分明走在这里，它们此时此刻又是完全属于自己的。

还没感觉到疲累，就要回去了，已经走了远远，踮着脚尖望一望，那头也依然远远。没有什么遗憾，夏夜太长，长到可以做很多很多事，今晚，我因为做了一件去逛夜市的事，也算是没有辜负夏夜，已经很好。

往回走时，迎着月亮的方向，我明明是两手空空，却真的是感觉到心里满满的，在抬头和月亮对望时，顺便还回赠了它一个微笑。我就知道，心里捧着清喜的人，看月亮弯弯，也会认为那是微笑的样子。

月亮是会微笑的，但不是谁都能看得到的。

写信给自己

亲爱的你：

你是不是常常感觉到匆匆忙忙？

你最近有过什么样的悠闲时光？

你是一个心有清喜的人吗？

不仅仅是雨啊

先前，得知它要来时，我并未放在心上。

是前一晚下班，等电梯，遇到年长的同事。人与人之间没什么话好说时，往往都是谈论天气。我说，这两天，真是暖和。他说，明天预报有雨。

次日早上出门，脚步还在楼梯上，小朋友便说，哇，雨的味道。

站在廊下，看地面已湿，原来，雨昨夜已报到，只是，它太善解人意，看大人上班，孩童上学，就主动收了脚。

许久不曾见过雨。

偶尔落在眉梢一滴雨，以为自己是朵亭亭的荷，不但迎了它，还试图让它沾在眉梢，晶莹透亮那么一会儿，再没有半分依恋，也不做任何告别仪式，就那样悄无声息抵达地面。

素来对落了微雨或飘了薄雪就撑伞的人生出好奇之心，又不会打湿衣服，这微雨或薄雪，难道不是大自然赠送给我们的礼物？既然是礼物，就应有欣然接受之心。若真的要回赠，人类也只需望天而言——谢谢你，给我们阳光，使我们的心温暖，给我们雨雪，使我们的心湿润。

再后，即是一脚踏进办公间，忙碌间隙侧头而望，雨珠已经学会了攀岩走壁，它们停憩在24楼的落地玻璃窗上，一颗颗商量着是不是要与我打个招呼，可是却又怕影响我工作，只好尽力让自己能够在窗上多停留一会儿，好让我有闲时能对望一眼……

午餐后，特意走出写字楼，站在檐下望雨，共餐的同事是男生，他向来与我关系要好，也不像他人那样惊讶雨有什么好看的，只陪我站在那里，说一会儿话，望一会儿雨，再一起回身挤电梯进格子间。

雨寂寞了一整个下午。直到雨水停歇，人潮退去，春风起，我下班，街边有大小不一的水洼，映着楼房和树木的倒影。脸颊上飘落一滴雨，温凉，润湿，它一定是哪阵春风里捎过来的雨，只是不知道，是不是从你那里过来的雨？

小朋友是格外喜欢雨的，刚吃完晚饭，就特意换了雨鞋下楼，专挑选有水洼的地方，不躲不闪，嬉笑着追逐着踩过去，清脆笑声如水花四溅。

楼下的花树，开得正好。从裹了骨朵露了新芽直到绽放花朵，我都会在晚饭后散步时，把它一天天的变化指给小朋友们看。雨虽细微，却已是浅夜，站在花树下仰望，已看不清朵朵的绽放，只是仍然仰首而望，猜想哪朵花里藏着雨珠，明天蜜蜂来时会不会以为是它的哪个小伙伴失了恋伤了心又不敢声张，只有把眼泪和秘密悄悄告诉了花朵……

“站雨里做什么！淋湿生病了怎么办？！赶快回家！”背后传来父亲厉声呵斥。背对着他正在花树下仰望的我们被猛然惊吓，却也不生气，只是连声说，好，好，听你话。

自然有雨，人间有爱。今夜定然好梦。睡前，推开窗，看一看，以前有圆月时看一看月，现在有雨水时看一看雨。雨来到世间分明是有声音的，但我知道，它最善解人意，怕惊扰了人们入梦，故意放缓了脚步，减轻了音量，一丝丝，一缕缕，湿润了一树花，一新柳，一整个春夜。

写信给自己

亲爱的你：

你听过雨吗？

你有认真地看过雨吗？

你该如何感谢这自然的礼物？

和今天说早安

是窗外的鸟鸣太过清脆了吗？还是太不想错过旭日初升的红霞满天？近日常常早起，怕再一闭眼就错过了春天。

是的，春天将逝，想用眼睛、用耳朵、用一笔一画的书写，就这样留住春天。

上班也比起先前提早了一个多小时，行人稀少，道路宽阔，少了喧嚣，也无拥堵，倒是平添了几分从容，偶尔也会停下来，蹲在街边看刚开的花，仰起头来望悠然的风筝。

没有什么话要对它们说，只在心里轻叹一声，好比在说一声：早安。

早安，春天。

早安，花朵。

早安，风筝。

早安，迎面而来的陌生人。

早安，有时近有时远的你。

像是这样问一声早安，浑身都充满了力量，说着说着，嘴角不由得上翘，眼睛也不知什么时候藏满笑意，难道不就应该这样吗？新的一天开始了，要元气满满，要微笑相迎，因为我们有昨天也有明天，可只有今天我们正在拥有。

诗人也是我的友人红土写过一首《和今天说早安》的诗，极为喜欢：

今天到了
就和今天说早安
穿今天的裙子，洗脸，早餐
看今天的新闻
今天到了不想明天
和今天的人相爱
不出门，不打扫房间
把今天关在屋内，告诉他，我是肯尼亚
要住进非洲的草原

想起曾经有过一段时间，忘记是出于什么原因了，每天给一个人短信说早安。其他应该说的还有什么，现在早已忘记，只记得“早安”二字。

早安。早安。

收信人不知道，他收到的不仅仅是一声早安的问候。因为，当我们向一个人说早安，不是在告诉他这声问候有多重要，而是想让他知道：早上睁开眼睛第一个想到的人是他。

自他之后，再未向第二个人短信说过早安。

再平常不过的两个字，在他身上用过了，就不会在别人身上用了。

同“早安”一起的还有“晚安”。尤其是听他人说过“晚安”原是“我爱你”之意，更是不轻易说出口。

如果人不能说，那么让我们呈恋慕之意的又不仅仅是人，还有很多，如诗人红土在诗里写的那样：

早上谁也不要说话
花就在那边开了
早上谁也不要说话
鸟就在那边叫了
早上谁也不要说话
要轻轻走到花的那边，鸟的那边

爱一个人，太过局限，爱时，整个世界都是他。这世界多小啊！

我们爱花爱鸟好了，它们不会惹我们生气，也不会令我们烦忧，它们就在那里，该开就开，该叫就叫，我们对它们不必付出什么，想看时就走过去，想听时也走过去，自然，随意，没有任何负担，也无半点计较之意，向它们说早安，说了也就说了，听了也就听了，我们不会怪它们不回应，还觉得它们在风中摇它们的叶子或在枝丫间飞来飞去，不是在回应我们，就是将我们问候的早安托风传递或飞翔着学我们的样子相互问候。

风吹多远，鸟飞多远，我们的早安就能传多远。

每个人都有那么一些日子情绪低沉，一句多余的话都不想说，连同短短的两个字“早安”。如果不想对任何一个人说，如果连花连鸟都不能够，那不如试着给自己说：早安，亲爱的自己。

或者为自己取一个昵称，更明确，更亲切，像自我宠爱，也像他人说给自己。

莫小看一句早安，试着从今天开始，给自己说早安：

早安，新的一天开始啦，要多多加油啊！

早安，亲爱的自己，今天的你会很棒！

早安，心（你也给自己一个昵称），无论今天发生什么，你都要认为是上天赠予你的礼物。

每一天都是崭新的，不管昨天发生了什么，或明天将要发生什么，我们暂且不要管它，只过好今天就好。早安，对身边的人；早安，对所处的世界；早安，对今天过完再也不会有的今天；早安……哪怕对自己不说一句早安，我们也将同样会收到让自己元气满满开始新一天的回赠。

就在刚刚，我给那个好久未曾联系的人发短信，只简短的一句：早安，春天。不管收信人是否回信，不管回信的内容是什么，至少，我发出去时的那一刻是愉悦的。

早安，春天！这声问候，是给一个人，也是给这个所余时日不多的春天。过好每一个今天，你会想念今天的。同样，你也会想念春天的。

写 信 给 自 己

亲爱的你：

你有对谁说过早安／晚安？

你收到过谁对你说的早安／晚安？

你是否过好了每一个今天？

时间啊，好温柔

站在树下看树的叶子。叶子低到快要轻抚脸颊。石榴花。银杏叶。无花果。葡萄藤。香樟树。一棵棵。一片片。小鸟在散步。孩童在嬉戏。我们在认识植物。

寻找一张生疏而又亲近的面孔，打听一种树木的名字，戴眼镜的卷发阿婆坐在长椅上，听我问：那边有几棵树，大片的叶，白色的花朵，硕大饱满，只是三五朵，因为少而觉得珍贵，总会让人多看几眼，它应该有一个很好听的名字……

银杏树下，童车跌了脚。得到格子衫男人的帮助。转头寻而不见，也未看清容颜。为让他知道我装着他的谢意，为让心有善意的他不失望，为不错过与未识得面孔的他擦肩，从此我和所有相近的人微笑说话，像认识了很多年。

值得我们亲近的，不仅仅有植物，还有心存善意的人。而我们要做的是，对植物，对善意，要表达谢谢，并让对方知道。

一天就要结束。

散步在院落，遇到的，都是再普通不过的植物，获得的，也只是再简单不过的帮助。但是，我要记取这些。你躺在红色的童车里，安静到快要睡去。世界和时间，都好温柔。这最后一句，才是我为你记下的重点。

最喜爬上后山／沿着香樟和低矮的灌木丛／陡峭的沙路缓缓显现／我坐在断崖上／岩石散发温热／一天就要结束／太阳在白檵木花中收了光／哦，茂盛的白檵木花／我曾折取它的一枝／四处打听它的名字。

至于我在树下轻吟读过的这首诗你是否记得并不重要。因为，你长大后会和我一样，四处打听一种植物的名字。

站在树下看树的叶子。打听一种树木的名字。在树下轻吟一首诗歌。我做这些事的时候，你正在我的怀抱里。

从林间归来，并没有走太多的路，除了晒太阳，便是看花踏林，即是如此，也是如一只鸟儿，回了家，犹如归了巢。只不过满目的林，钢筋水泥也阻挡不住我在深夜回望的目光。

那花啊，开得肆意烂漫，林有绿，路有红，朵朵花儿不焦不躁也非齐齐整整，这一棵，那一朵，婴儿车推过，做短暂的停留，就这样，让车里的小婴儿熟睡着，她闻不到花香没关系，花开它的花，小婴儿做她的梦，安静再不过这一二。

我呢，坐在长椅上，听随行的老人说话，她说，死没什么可怕，到了这种年纪，活的时间有限，一天两晌，天天都是倒计时，你们啊，趁年轻多跑跑，不要像我，腿疼迈不开步，景再好，花再美，我能看到的，和我的年龄一样，是有限的。

同行的还有另外一个她，听她说，昨天我还和他商量，等到老了养一只狗，因为长大了的孩子们都在各忙各的事，我们要做到心有挂念但表面上不说不念更不添麻烦，一只小狗团在身边，把时间分给它一些，不要把所有的时间都用来惦记孩子们，会让他们觉得有负担。

云散着散着，鸟儿们就飞远了；风吹着吹着，孩子们就长大了。还以为自己年轻，就像之前总以为生老病死都是别人的事，殊不知如今也在谈论老了的那一天。

等老了的时候，还会不会喜欢看花？还会不会常常读诗？还会不会听一首歌就泪盈于睫？还会不会用文字将心情描绘？还会不会在林间走一走就想起年轻时许下的诺言？

想必席慕蓉在年轻时也会问过和我一样的问题吧，她在诗里描述过自己初老的心情：

我好像答应过你／要和你一起走上那条美丽的山路／你说那坡上种满了新茶／还有细密的相思树／我好像答应过你／在一个遥远的春日下午／而今夜在灯下／梳我初白的发／忽然记起了／一些没能实现的诺言／一些无法解释的悲伤……

没能实现的诺言太多，一起在美丽的林间小径牵手散步也属其中一种，但是直到我已生起初白的发再想起如同想起一个久远的故事。岁月神偷偷走了我黑亮的发，好在它如今也让我知道了所有的遗憾都不再是遗憾，即便有一些无法解释的悲伤，也只是偶尔在某个深夜想起，翻翻身，又沉沉睡去。

醒来，那些悲伤和遗憾都统统不在，剩下的，是婴儿床在微微动，我以为是风，细看方知是小婴儿已醒。我推着婴儿车，问她刚才做了什么样的梦，花儿和我都好奇。小婴儿笑了笑，我也笑着轻推车子继续前行，路好长好长，真希望没有尽头，永远永远地就这样走下去，走下去……

写 信 给 自 己

亲爱的你：

你是一个温柔的人吗？

你有多久没好好听过一首歌了？

你也有一些没能实现的诺言吗？

你慢慢讲一个清淡的故事

赠你一朵花开

路过邻家花园，见地上有修剪的花枝，长长的根茎多有尖刺，只有枝头盛开着几朵玫瑰。花园的主人不稀罕它。路过的人也不稀罕它。我俯身将它捡拾，插到清水瓶里，玫瑰已少了馨香，但至少看到花朵在盛开，再灰败的心情也会被治愈。

读高三的她说：一个班只有我铺了白桌布，固定每周日去买花搭配，风雨无阻，用黑白瓷杯养在桌面，遇到喜欢的人或者谁做了令我喜欢的事就送一枝，下个周日之前清空，乐此不疲。

常听高三学生说的多是压力、迷茫、无助、焦虑，她却不一样。我将她说的这些话看了又看，每看一遍都觉得她本身就应该是班级里的一朵花。

有谁会拒绝一朵花的馨香？就像从来不会有人厌恶玫瑰的盛开。课桌和别人不一样，瓷杯里养花，连老师都默许了呢，少放一两本复习资料又如何。

春天的时候，邻家花园的蔷薇开得满枝都是。我路过，禁不住连连赞叹。花园主人也不吝啬，直接剪了几朵给我，我真是开心得不得了。

赠花与人，确是一件上等的美事。

自家露台上也种花些许，春夏时分带过几朵给同事。剪去的花朵生命虽然更是短暂了一些，但它们能让更多人因见之而充满喜悦，也算是不枉花开一场。

读国外小诗《永恒的规律》：用骄傲对待骄傲的前额，用善良对待善良的心肠；这是我一生永恒的规律，只有采摘玫瑰才弯下脊梁。

做正直而不失柔软的人，做理性和感性并存的人。无论遭遇什么，挺住，骄傲自是骄傲，善良还需善良，除非采摘玫瑰才可以弯下脊梁。如果手中有花，去赠花；如果没有，让心中有花。做到这些，你便可以成为这世间爱与美之源。

赠你一份清淡

公园里。

在一棵花树下小坐，吃一些小零食和酸奶。打羽毛球，感觉像是许久不曾这样运动过。远处的摩天轮上坐着偎依的情侣。不止一次坐过，从少女时的无知无畏到现在宁愿仰首坐观众也不想再冒险。人变老从来不是一夕之间，而是慢慢变老的。

过山车也坐过一次，以为是火车出了轨，以为是地震无处逃，剧烈的晃动以至于头疼欲裂，车停反应过来后还怪身边的他没有拉住自己的手。都是年轻人爱做的事。

现在的我，在嘈杂中择选安静之地，看长椅上的水珠被阳光折射，背诗给身边的人听；在百年古槐下听老年人没有伴奏的合唱，记住歌的名字——家乡有棵相思柳，边听歌边想象他们年轻时的样子，一定也把酒言欢过，一定也相思热爱过，一定也海角天涯过。

长发妈妈穿白色长裙，和同样穿白色衣裙的小女孩牵手而过。忍不住看了又看，将视线拉得很远。总觉时间过得快，可也想和我的小女孩这般，留长发，穿白裙，瘦而好看，这样一想，便又觉得时间过得慢。时间就是在这样一边期待一边遗憾中过去的。

背的诗是埃迪特·索德格朗的《礼物》，曾认为凡时光给予我的都是礼物，我的小男孩也是礼物一种，我日日写情书给他，收在一本我写给他的书里。第一封情书里便引用了这首诗：在这五光十色的世界里，我要的只是公园里的一把长椅，有一只猫在上面晒太阳。我想我应该坐在那儿，一封信紧紧地贴在我的胸膛，我想这就是我要的未来。

如今，小男孩已长到可以和我一起打羽毛球的年纪，中场歇息期间，他还不忘在花树下捡拾一朵小花，给妹妹戴到耳边。

再过一些年头，小男孩和小女孩都长大了，去了远方，我也老了，我想我要的未来便是如诗里所写：我要的只是公园里的一把长椅，有一只猫在上面晒太阳，我想我应该坐在那儿，一封信紧紧地贴在我的胸膛。

信里写：妈妈，我们都很好，只是有些想你。

孩子们都很忙，信写得很短，但我会看了折起来放进口袋，再从口袋里拿起来看，直到有人问起，我会像讲一个清淡的故事一样慢慢把年轻时的往事讲给他听……只是，到了那时，曾经陪伴我的人们，他们又将会是在哪里？

赠你一颗真心

朋友之间，除了陪伴时相赠的光阴，还应该有礼物随之而来的惊喜附赠。

我匿名寄她礼物，从网上挑选又挑选，想她应该喜欢。她收到，果然欢喜。她拍了照晒在朋友圈，并找寻送礼物的人。我暗笑，想点赞，怕她想起是我，又收手。她来问我，我说，不是，应该是暗恋你的人吧。说完，自己又嘿嘿傻笑，好像暗恋她的人真的是我一样。

我不必暗恋她，因为爱她，我完全可以说出来，让她知道，让她的家人知道，让全世界知道。几日后，她终于明了礼物的来处。她说，我的他知道是你，终于放心。最后对我说：爱你。

而我与她相伴十一年，仅一面之缘。

还有一友，我至今与她未见，选了礼物匿名寄她，她收到，没有讶异，猜到是我，写：亲爱的心，沉沉的情意收到了，好喜欢！简约而灵动，仿佛是你我不泯的少女心。

我曾经有很多愿望，都想在有闲的时候一一去完成。但若问我当下如果有闲最想做的事情是什么，我一定会说：送礼物赠予爱我的人，让他们知道他们给予我的，哪怕很小很少，我都放在心上，不是不回报，是时候未到。

爱我的人们啊，如果你们目前还尚未收到我所赠予的礼物，请记得我时常写下的文字也是视为礼物一样赠予你们，随身携带的本子里有这样一段美好的摘句同样附赠你们：

我要把我所有遇到的美都自私地打上标识，注明“有赠”给你们。那一切美不属于我，它们是自由的云、清冽的风、缥缈的花香、流丽的鸟鸣、婴儿的微笑、亲人的热泪、情人的拥抱、友人的信赖……愿意我所倾慕的、热爱的一切美，都被你们得到和珍爱。凡此种种，写不尽的人生之美，可持赠君。感谢生命，有得到，有赠予，有得之欢喜，有弃之无憾，有怀抱着的甜蜜，有放手时的坦然……

如果哪天你收到了不知是何处寄赠的礼物，不要讶异，也不必猜测，它不是来自天际，而是来自靠近你心最近的，心。

写信给自己

亲爱的你：

你收到这三份“礼物”的感受是什么？

你给予过别人什么样的特别赠予？

你所倾慕和热爱的是什么？

我们一起看看，这世界的光亮

要去看一看秋。

这样一说，好像秋是一个人，她不远不近地在那里，等我去看她。

去哪里好呢？推开窗就有落叶飘进来，一看就是秋了，可还是要去看一看才好，走得远些，树多些。

想一想这心有期待是多好的事，仿佛活着不为别的事，只为春天来时看花，秋天来时看叶。

绕路带上父母。父母不肯，说有什么好看的。我说，去走一走，看一看，晒晒太阳。其实，就是想和二老在一起，哪怕真的只是走一走，看一看，晒晒太阳。

近处有山，拾级而上，有零星的红叶，我要去搀，母亲说，不用。语气坚定，像我伸出的手扰了她。真想一直这样，母亲永远步伐矫健，还可以和我肩并着肩走上许多年。

山下有湖。我们走过去，路过一棵棵染着秋色的树，藩篱边盛开着稀疏的月季，母亲说，花儿开得好。父亲说，哪里有我种的好，开得碗口大。言语之外，像是他做了多大的事，小孩一样邀功请赏。

湖有那么远，可这样听着父母你一句我一句的便到了。下车时，母亲搬了小板凳，她说累了可以坐。我还怪她，草上树下石头上，哪里不可以坐？却没想到在湖边，站着的，蹲着的，唯母亲坐在小板凳上，看水，看和水嬉戏的我们。

秋水长天。不知过了多久，刚还说不知是晚秋还是晚春了，走起路来腿脚晒得发热，渐渐就有了凉意。母亲合起小板凳，起身要走。我们随后，说，走，去晒晒太阳。

同我们一起晒太阳的，有栾树、有榉树、有银杏树、有梧桐树，红的、黄的、绿的，斑斓一片。树下有写生的女孩子，三三两两，抬头看一眼，低头画一笔。若是我，会画着画着生出愁意，不知该怎么把这无边的秋色一一去着笔。

阳光甚好，越发暖和起来，我剥开一只橘子，尝尝不酸，一半给母亲，一半给父亲。二人一边吃，一边又在争论着什么，他们才不管什么秋色，大半生过去，眼里心底除了儿女还是儿女，再也装不下其他。

他们说他们的，我看我的，挑了落叶多的地方走上一走，想着要捡几片回去，夹在书页里，作为一枚书签，翻一页，是一页的秋。后又想，叶在树上，和它的小伙伴一起，叶在树下，也要和它的小伙伴一起，若我捡回去，便是让它们生别离。

我空手回来，尚未坐下，听父亲说，起风了，要回了。

我来看秋，也是早上听父亲说，过两天要降温了。所以想赶在降温之前来看看秋，是想，再不看，就没有了。

再不看，就没有了。不只是对秋。还有更多，惜物，惜事，惜人。

起身时，一片叶子飘落在母亲的头上，父亲伸手去拿。他看到的是一片落叶，我看到的是，母亲的发越来越多的白。

以后的日子里，不管有没有花有没有叶，我想，都要多带父母一起，看一看这个美丽的世界。

写信给自己

亲爱的你：

你曾经陪父母去过哪里？

你计划陪父母去哪里？

你计算过一年真正陪伴父母的时间有多少吗？

寻常日子里的光

露台上，除了栀子，我最喜欢的便是茉莉了。

我观看它的样子，从小小的骨朵，到小小地开着，即便完全盛开，也是小小的样子。

我低头在备忘录里写：洁白的茉莉开着小朵的孤独。原本想写“骨朵”，写成了“孤独”。细看茉莉的样子，用孤独来描述也不为过。

茉莉不像月季，开起来肆无忌惮的样子，红着，艳着，还伸出栏杆外。听到邻家露台上乘凉的人家说，那些花开得不错。我想，月季一定以为在独独说它。

三年前，刚搬来时，我把露台交给父亲，想种什么就种什么。他种了很多花，多是母亲喜欢的那种，拙朴的，喜气的，碗口大的。哪怕是长寿花，小盆小盆的，花朵细碎，也要红艳艳的。

春天时，我央父亲一起去花市采花，买了茉莉、栀子，没一个艳的。有一盆扶桑，父亲说不出名字，但看着花开得娇艳红得夺目，他也买了回来。我记得那天是母亲节，前一天父亲和母亲刚吵过架。

父亲稀罕的，还有两盆菊花，盆很大，从春到夏，从夏到秋，父亲相当珍重它，浇水都要细细地浇，抽烟都不蹲在它旁抽。父亲盼着秋天，从春天都盼，说，看吧，秋天，光这两盆花都够你们看的了。

父亲没别的事，每天早上来接我女儿，我不让他爬楼梯，我可以把女儿送过去，他偏不。我想，他来接，一是他在用自己的行动向晚辈表达着长辈的爱，二是他挂念他的花。

每天早上，他都是如此，上了六楼，进了家门，歇也不歇，喘着粗气，再继续上七楼，打开门，再上露台。

父亲偶尔哪天不来，要再三叮咛我，记得浇花，要细细地浇，那两盆菊花，一天不浇叶子都蔫儿了，和人一样，天热不喝水也会没了精神。

我有时忙，上露台怕热，不上露台又想不起来浇。父亲见花蔫儿了会生气。我不好说，心里有怨言，至于嘛，一盆花而已。

除了花，父亲还会种点菜，荆芥、小葱、香菜、上海青、小白菜，地方也不大，一样撒一点种子，齐刷刷居然长势良好。

我们吃不完，渐渐地，菜长着长着就老了。想送人，又不多，又是家常菜，担心人家嫌弃。我送过荆芥、上海青，用保鲜膜包着，没多少，分别送给两个同事。好在同事不嫌弃，高兴地收下了。

父亲大多时候也高兴，看着他的花啊菜的，蹲在那里抽着烟，一副心满意足的样子。这也是我当初把露台交给他的原因，让他有事可做。

今年春天，菜少了，父亲留出空地儿种了几棵草莓。只因我女儿爱吃草莓。也不知道他从哪里弄来的草莓苗，瘦瘦弱弱的，种下没多久，居然真的结了小草莓，青的，小的，一颗心的样子。

黄昏风起时，我常带女儿蹲坐在草莓前，看它一天天从青变红，好像在研究一颗心。

草莓刚吃完，又开始由低头变仰头看葡萄架。葡萄架是搬来的那一年父亲搭建起来的，不好看，我又不能说，随他意，他看着好看就好。他之所以种植葡萄，只因为我指着邻家的露台说，如果夏天也像这家一样，能在葡萄架下乘凉就好了。

第一年，葡萄只用来扎根；第二年，葡萄只用来生长；第三年，也就是今年，从开始长叶子，父亲就说，今年就等着吃葡萄吧。

葡萄果真争气，小片叶到大片叶，又到满架叶；青葡萄到紫葡萄，一串串地结个没完。

最喜黄昏时分一家人在露台上吃饭，夜风轻柔，月色烂漫，淡淡的花香飘浮在空气中，一家人围坐在一起，吃饭聊天，听音乐，吃西瓜，弹吉他，躺在小床上，葡萄架下，摇着小扇，找星星，听故事。做这些时，我总会时不时伸手摘一两颗葡萄，洗也不洗就放进嘴巴里，却也是那么的清甜无比。

再也没有买过葡萄。想吃了，就在露台上剪几串，用清水冲洗，吃一颗，甜一下。

女儿上了幼儿园，父亲便不常来了。我剪了一些葡萄送去，父亲吃一颗，笑一下。母亲素来不吃葡萄，觉得酸，这一次也吃了几颗，说是父亲种的，就是跟别的不一样。

也剪了一些送邻居，让儿子端着竹篓敲门送过去，儿子正值少年，觉得难为情。我说，你在做一件好事，一件善事，你心里应该有喜悦，而不应该有难堪。

终于，邻居拉开门，见状，甚喜，连声说谢谢。儿子红着脸跑回，端着的竹篓里多了几个邻居回赠的水蜜桃。

还剪了一些给同事，路远，日晒，怕葡萄禁不起颠簸，早上临出发前一刻剪下来，用袋子小心翼翼地装好，一路上有坑有洼的路都绕着走。谁还没吃过葡萄啊，可就觉得手里捧着的，是我亲手摘下来的，是父亲从三年前就种植下来的小心意。

父亲不常来的日子里，天又太热，时有多雨，雨水替我浇了花，我便不常去露台。昨天黄昏有风，我再次推开露台的门，几只鸟雀扑扑地从葡萄架上飞走了。留了一些葡萄，谁也不吃，就给鸟雀，它想吃时，就来吃几口。

鸟走了，我在，葡萄在，准确地说，是葡萄架在，因为抬头望时，葡萄再也不是之前的晶莹饱满，一个挤着一个，一串挨着一串，而是干着、瘪着，叶子稀稀落落着。

如果说我的夏天是从什么时候结束的，我想，应该就是从抬头望向葡萄架心里有失落的那一刻开始的吧。

我不再向上伸一伸手就有葡萄吃了，夏天也结束了，日子就这样一去不回。好在立秋了，那两盆菊花也该盛开了。父亲又该高兴了，那是母亲喜欢的花，拙朴的，喜气的，碗口大的。

我要好好地听父亲的话，给它们不忘浇水，且细细地浇，在我眼里，它不是一盆花，而是父亲对待母亲的心意。这个小小的露台，也是他对一个家的心意。

夏天过去了，秋天来到了，这是四季更迭，也是我寻常日子里的光。

写信给自己

亲爱的你：

你是否爱你的父亲？

你有没有向父亲表达过你的爱？

你寻常日子里的光来自于哪里？

我爱今天的开心和生出的期待

天初亮，我看到她在朋友圈里发：我爱今天的开心和生出的期待。配图永远都是有人唱歌，有人跳舞，啤酒篝火海的上边有云朵。

我常常看她。尽管与她仅一面之缘。这一次，我在图片下留言给她：去年在双廊你家店里买过一条碎花长裙和蓝色卷边太阳帽。回来后也常看你微信。就是想知道你在那里的生活。看到你，好像看到留在那里的我自己。所以不管你在双廊还是在丽江，你都要快乐幸福。

露台上的绿植越来越多。

父亲逐渐苍老，他自己却不承认，常常背大袋的泥土上楼，一点点地培土，一棵棵地将花木从这一盆移栽到那一盆。我因心疼而嗔怪他。他说，我是在为明年春天做准备，到那个时候，这些花都一朵一朵地开了，好看得很。

明年春天似乎还遥远。我想起未来的某一天，也是想两个小孩儿多大了，父母亲是否还健在，每每想及此，都会想多看他们几眼，就像多看当下的幸福几眼。至少，我们现在还在一起。

明年春天，父亲的那些花儿盛开时，我的小女孩儿也要一岁了。她会走路了，能脆生生地喊妈妈了，头发也长长了，我是给她梳羊角辫呢，还是扎蝴蝶结呢。我的小男孩又长大了一些，他会更爱妹妹多一些吧。他还会弹着吉他唱歌给她听，也会把好吃的留给她一些，在她跟不上他脚步时，他也会停下来等她，或者折回去重新牵她的手。

那时候，当下我拥有的一切依然在。是的，别人拥有的很多我都没有，但我觉得已经够了，我只要我此时此刻所拥有的一切。为此，我已经常常在心里说，上天真是太眷顾我了，我也时常感恩在心。

明年春天，你会不会和我一起坐在花香里，赏花喝茶，看云观月，雨来时我们也不躲闪，雨滴顺着头顶的沙滩伞行行淌下，我的小女孩用双手接了雨水，并不耽误我们愉快地聊着闲话，说不定我们也会学着她的样子，尽管雨水最终还是从指缝里全部溜走，我们还是会像小时候的自己那样，爱每一个下雨天。

只闻花香，不谈悲喜。可是我想和你聊聊，聊一聊爱我们的人和我们爱的人。有了他们，才有了我们的世界；没有他们，世界一片荒芜。我想啊，这些简单的道理，不到明年春天，你已经明白。

小时候读林海音的《爸爸的花儿落了》，读到最后一句 ："爸爸的花儿落了。我已不再是小孩子。"流下的泪水现在还记得。

时间会如雨水一样从指缝里悄悄溜走，所以，请你，趁花儿未落，去爱，去珍惜。

良久，那个她回复我 ：现在才回复你，其实看到就已泪意满满。

不管你在世界的哪个角落，都要快乐幸福，也要爱每一天的开心和生出的期待。

写信给自己

亲爱的你 ：

你今天的期待是什么？

你认为你是一个幸福的人吗？

你有没有珍惜你爱的人和爱你的人？

100

100日
慢下来的
小快乐

我用一年的时间在本子上
记下这一日日的小快乐，
并给它取名：快乐日记……

01

新年快乐！1月1日，崭新的一年开始啦！

02

每晚四口人都会播放舞曲跳上一跳，不懂韵律与舞步，但舞动起来还要飙舞，实在开心极了！趁还能跳时，去跳舞；趁能唱歌时，去唱歌；趁能奔跑时，去奔跑；趁能听时，去听；趁能笑时，去笑……趁还都来得及，去做所有想做的事。

03

每晚洗碗时都会用手机播放最大音量的音乐，放在厨房窗口，专注地洗一只碗，聆听老的新的音乐。每晚楼下路过的人也会因为一家厨房窗口传出去的歌声而觉得欢快了些许吧。

04

今晚月亮又圆又大，我带小朋友回家，在楼下抬头望月好大一会儿。回到家，关上灯，又喊明先生一起站在窗前看月，真是太明亮了！四口人一起关上灯看月亮，真好啊！

05

准备带小恩坐公交车去花市买一盆水仙回来。上次夜里坐了两站公交车，她觉得一晃一晃的像大龙猫一样好玩，一直念念不忘。有了她，连坐公交车都觉得是件快乐的事。

06

在路过的公园小坐，给二十岁时出现的L打电话，听他说：知你现在做着自己喜欢的事，发光发热，又影响别人发光发热，是件很了不起的事。很多年不见，没有寒暄，没有客套，依然亲切，给予指引，挺好。

07

喜欢上步行，穿着平底鞋，轻灵如蝶，内心也轻盈许多，走一步，笑一下，为自己不似他人，常常要陪不得不陪的人，开不得不开的会，喝不得不喝的酒，顿时轻松欢欣了一些。

08

看到好看的裙子，放到购物车里，问了问客服，最终犹豫后还是没买。已学会为人生做减法，不重要不急需不必需的不再买来成为衣柜和人生的负担，为自己能认识到此而开心。

09

披着一路风雪下班回到家，明先生端上热汤，娃娃端上热水，小恩搬来椅子，人生的意义便是这一刻了。

10

今天是腊月二十五，最喜欢过这几天了，感觉为过年，所有的都可以缓一下，所有的都可以值得原谅，也都值得被宽容，因为全中国的所有人都因欢度春节而喜气洋洋，超开心！

11

睡前听到一支舒缓的音乐 *Le chant de la mer*，好听极了！为偶遇这样一支好听的音乐而喜悦，也为小恩在这么动听的音乐中入眠而满心喜悦。

12

回老家过年。回到生我养我的地方，天碧蓝，几缕薄云淡而远，满院子的小朋友，满院子的欢笑，好像回到了童年，没什么比这令我更快乐的事！

13

大年二十七，爸扯了一串闪闪发亮的小彩灯在檐下，在树上。灯亮起，心欢唱。

14

晒太阳，坐在墙根儿下，什么事也不做，院子里燃着仿佛永远也燃不尽的篝火，暖着，幸福着，一天这么漫长，从前慢的时光，静而快乐着。

15

今天立春，又是除夕，一想起春天就要来到，就禁不住要为之欢欣歌唱。

16

汽车轮胎显示有异常，嘴角生了明晃晃的泡，妈身体有恙，都让人担忧，但好在都不是什么大问题，倒觉得应该为这些不是大事的小事要庆贺一下呢！

17

此刻，在温暖的被窝里，写快乐日记，听好听的音乐，全是自然的音乐：雨声、风声、海声、鸟声……原来自然的声音也是音乐。为此，以后要细细聆听大自然赐予的音乐，为这一发现而开心了半个晚上。

18

小恩晚上睡觉时会说“好幸福”，早上会说“这是美好的一天”。不足三岁的小女孩如此懂得珍视这种生命的体验，真好！

19

在困了的时候，可以在床上枕眠，真是件幸福的事！

20

我让明先生赞美我，他看我在笑，说：“你笑得像一条狗，人类的朋友，简单，没心没肺，天真无邪。”又把我笑了好一阵。

21

娃娃临睡前要做一件事——给妹妹晚安吻。他轻抚着她的头，说“妹妹真可爱”。生活就该有这样温柔的场景与记录，蛮好。

22

情人节，收到明先生的手写情书，比心。

23

做好时间管理，注意力集中，不被外界所打扰，能系统而有效地学习，也是一种进步。为自己的觉知小小地庆贺一下。

24

现在用来写快乐日记的笔真是好用到流畅极了，笑一个哦！

25 现在下班天还大亮，一想起不用像冬天那样急赶着在天黑前回家，而可以带着小恩在楼下玩一会儿，都禁不住在街头正走着而笑出声来。是啊，一想起走在春天里，都好想给每个与我迎面走来的人亲切的微笑。

26 买了鸡蛋和蛋糕给爸妈送过去，为这样近距离地时时能看到亲爱的爸妈，大大地开心一下。

27 周末用半天时间带孩子们去操场玩球，也只是用一个皮球推来扔去的，小恩就满脸都是笑，并不停地说："真好玩啊！好开心啊！"小姑娘这种时常表达自己快乐情绪的一面真值得学习，与之同行和听到的人也不觉开心了好多。

28 进入三月，是一件值得快乐的事。

29 今日份的快乐是和明先生一起骑车狂奔电影院看电影，到我们老了也希望能这样，去相伴看一场电影，看一场花事。

30 妈门前的樱树已初露嫩芽，和小恩站在树下仰头看了好大一会儿，静等一树花开。喜欢走在春天里的样子，和春天里的一切一切。

31 带小恩去公园，她欢跃如春日鸟雀，看到一株硕大的杏树，开着洁白的花朵，感觉每个从树下走过的人都是笑着的，每对男女都是相爱的。小恩在花树下走了好几遍，她的笑声都把花瓣震落了呢！

32 正上班，看窗外阳光正好，走，去看湖。于是同事三人乘地铁骑单车，欢笑声抛出好远好远，仅在湖边的照片都拍了好多，这么热闹，也不知是我们看湖，还是湖看我们，才不管那么多，快乐就好。

33 每天早上在鸟鸣中和从厨房飘来的香味中醒来，是件值得感恩的事。

34 写一封手写信，开头是：院子里的桃花开了。想象收信人如何读它，是快乐的。

35 在小区里散步，看到一楼栅栏里新植了超大棵牡丹，朵朵硕大饱满。虽不喜花朵如此张扬，但那一刻真的是喜悦到对着花朵看了又看。

36 清明回老家，小恩终于见到了她心心念念的小伙伴！她一下变成田野里的一株油菜花，院落里的一树清白梨花，屋檐下衔泥筑巢的飞燕，自由，欢快，飞扬，仅看着就快乐。

37 在露台上洗衣服，把柜子里翻找出来的当季衣服都洗了一下，微风里飘荡的都是自己春天里喜爱的衣裙。阳光真好，微风真好，四月真好，一切都很好。

38 加班回来，看到明先生在家准备的“热气腾腾”的火锅，四口人围坐在一起吃火锅，好幸福！真想定格此画面，总觉得幸福是有限的，怕上一秒过后下一秒再也不会有了，所以才会愈发珍惜。

39 出门前，在镜子前照妆容，小恩看了看说：“嗯，好漂亮的……猪妈妈哦！”顿时笑喷。

40 朋友来访，没什么重要的事，就是闲聊，竟聊到同一个愿望：拥有一间幸福杂货铺。铺子未开张，已觉得幸福了呢。

41 晚饭后在小区里散步，闻到香甜的桐花味，我蹲下来捡落花给小恩。谁知身旁停着的车窗被摇下，伸出一男人的脑袋吓我一跳，听他说："要给你打开车灯吗？"小小的善意让人温暖。

42 雨天的周末，睡个惬意的觉，满足又快乐。

43 娃娃吉他自学了《斯卡布罗集市》，好好听！像个小迷妹一样搬着小椅子坐在他对面，听他一下下地拨动琴弦，心都乐开了花。

44 明天去内蒙古出差，对飞机有一点点的担忧，顿觉普通日子我也好爱。盼平安回来，爱这一天又一天。

45 午后，睡了片刻，醒来卧床看书，窗外寂静，唯有风声，放下书听风，两个宝贝睡得正酣，有西瓜在餐桌上，心里的愉悦好似被风涨满的帆。

46 今天没什么要紧的事发生，听上去就是一件快乐的事。

47 家里停水，等水煮小米粥。等水，如同等夏日黄昏的风，等林梢月亮浮现，这种等待的感觉没什么两样。

48 黄昏，看云，真是抬头可见的美。一想起又到了看云的季节，就对未来的日子心生向往，所以我从不惧怕时间的流逝和年纪的变化，因为我的心总是被期待占据。

49 我一拿出本子，小恩就说“妈妈要写快乐日记了”，真是件快乐的事。她问我“你的快乐是什么呀”。我说：就是此时此刻，你在玩贴画，哥哥在学习，爸爸在烧开水，窗外的雨下得洒脱而自由，清凉的夏夜，有好眠。她说“我的快乐就是你”，因此句而快乐。

50 一推开窗，就能看到楼下的绿叶间盛开着硕大洁白的广玉兰，闻到香樟树的馨香，这是六月里最清新芬芳的记忆。每每这时，都会多爱夏天一点。

51 翻开快乐日记本，发现本子上有涂鸦，我问谁画的，小恩说：“我。”我佯装生气：“写的什么？”她说：“写的是，妈妈，我爱你！妈妈，我非常非常爱你！”一下乐了。

52 露台上的葡萄熟了，摘了一些送给邻居，留一些用来在露台上吃完晚饭后伸手可摘，再留一些给馋嘴的鸟儿，它叼一颗，甜一下，我也跟着甜一下。

53 和友人去林间漫步，在浓荫下分一个甜桃吃，感受当下是幸福的事。

54 周末不用赶着上班上学，随心所欲做自己喜欢的事，是值得快乐的。

55 去附近大学操场上跑步，清爽宜人，快乐如风。

56 今天极为平和地度过了一天，虽没有大的收获，但没有生气，没有烦恼，按时吃早中晚三餐，是开心的一天。

57 连绵秋雨多日，终于放晴，空气中有一股青枣般清甜的味道，居然天晴的空气是甜的。

58 今天穿了喜欢的红色长裙，走起路来摇曳生姿，自己都觉好美，开心几年前的衣服依然能穿得上。

59 工作用的电脑修好了，网速快多了，好开心！

60 从老家带回来的果蔬悄悄给邻居送了些，虽然不是什么贵重的东西，但邻居的笑脸和谢谢让人快乐。

61 心有光亮，自予光芒。把这句话写在给自己的日签上，为能做这样的人而快乐。

62 开始休年假，一想起来就雀跃不已，身未动，心已远。

63 在成都，和闺蜜逛吃逛吃，虽然我不是吃货，但看她吃得开心，我也是快乐的。

64 访山问水，想起嵇康有言“游山泽，观鱼鸟，心甚乐之”，万物皆有情趣，心甚乐之。

65 明先生煮了一锅超好喝的粥，甜甜的秋夜。

66 看到一句“享受手头上拥有的事物”，小喜。

67 今天有些冷，好在没有雨，为此也要发出一声叹：今天真是个好天气！好像因此就成了好天气一样呢！

68 吃饱饭的感觉真好！好满足！

69 看将绽未绽的菊花，有种小朵小朵的快乐。我浇水给它们，好像听到它们在欢快地说：我没什么可回赠你的，只有努力地盛开一朵朵。

70 妈生日，十口人团团圆圆围在一起聚餐，吃生日蛋糕，唱生日快乐歌，开心到多少年以后再看今天的视频，一定是会笑着笑着掉出眼泪。

71 刚回到家把露台上晾晒的衣服收过，就下起了雨。呀，也太开心了吧！

72 今夜的月亮真圆真大，白天大风蓝色预警，刮了一天大风，夜晚便赠送一轮圆月给世间，多谢啦！

73 终于把新书书稿整理完毕，有不满意的地方，但每个字都是从心里流淌出来的，好像是把小小的快乐积攒到一起全部地转赠给他人，一定会有人因此更快乐些的。

74 收到友人发来的信息：每个人都有把“坏事”变“好事”的力量，祝你也能拥有这样的力量。生活中能有这样时时给予力量的友人，是件快乐的事。

75 牙疼，心下黯然，但转念想，好在只是右边的牙疼，左边还能轻微地嚼咽，顿时觉得疼痛减少了一半，活着的乐趣又回来了一些。

76 换了窗帘，越看越欢喜。晚上窗帘装好，想象着明天早上晨光穿帘而过，心情愉悦到如枝丫的鸟雀，叽喳个不停。

77 收到朋友赠书，堆放在书桌上，看着这一本本，觉得自己真是一个富足的人。

78 上班时收到快递入柜的信息，买的是一条毛茸茸的地毯，一想到它在客厅里铺展开来的样子，下班路上都想大笑着对路人说：快闪开啊，我要回家收地毯啦！

79 快乐是有秘方的，比如听一首儿歌，《你笑起来真好看》，或者《骑上我心爱的小摩托》，又治愈，又欢快！不自觉地就跟着唱了起来，心情也会好起来。

80 一想起明年自己有新书出版，都想一下子快进到明年了，看看那时的自己，一定是抱着新书笑得很灿烂吧。

81 以前不觉得人生苦，现在听多了看多了别人的故事，也觉得人生苦。苦也要过啊，如果人生很苦，那就自己加点甜。

82 下班时在路口等了好久买热炒的板栗给爸妈送去，我们围坐在一起吃热乎乎的板栗，是件不论多久以后回想起来都觉得幸福的事。

83 收到读者留言，将我的书送给喜欢了8年的女孩，他说：“希望你的文字也能温暖她。”为自己作为使者快乐一下下啦。

84 还了一笔欠款，重新订下小目标，把时间花在对的事情上，有钱和完成小目标都能让人快乐。

85

和娃娃一起逛街，看电影，晚睡前一起聊天，是非常值得珍惜的时刻。一想到随着他长大，他能和我相处的时间越来越少，我都觉得和他在一起的当下就是快乐的。

86

睡前收到平台推送的晚安信息："12 月有圣诞节，有被雪铺满的夜晚，有星星点点的灯光，有暖融融的暖气，还有，期待新一年的奇迹。大雪快乐呀。"今天快乐呀。

87

给友人寄赠新年礼物时手写信一封。友人说，很多年没有收到手写信了，很感动。小小的心意，对方能够接收得到。我也为此快乐了一下。

88

今天吃到了一份蒸汽鱼，超级超级好吃！一想到有好吃的可以带着父母和孩子去吃，就觉得日子有了盼头。

89

为了装点朋友的朋友的婚礼，下午捡了好久的银杏叶，路过的人好奇地问在捡什么，好想对他们说在捡拾快乐。一片叶子，一片祝福，虽不相识，但结婚本身就是件快乐的事啊。

90

下雨的周末，温暖的空调屋，一家人坐在一起，看书，学习，围坐在一起吃饭，是幸福的。

91

收到新年礼物，一本非常漂亮的花鸟历，想迫不及待地开始新的一年了，在一日日一页页中去真切感受时光流转的美好。

92

盼一场好雪，堆个大大的雪宝，作为特别的礼物赠送给被《冰雪奇缘》艾莎迷倒的小恩，这应是雪天的乐事。

93

收到一个仰望的人对我文字的评价：温柔而有力量，不炫目，却能直抵人心。看到这句话时，我的快乐快要从屏幕这边溢出来啦。

94 周三亲子日，给娃娃写信，信中向他说了20个谢谢：谢谢你的到来让我的生命更加丰盈、谢谢你觉得辛苦还会愿意俯下身去专注学习、谢谢你每周五放学回来给家人的大大的拥抱、谢谢你给爷爷奶奶不停夹菜做孝顺的小孩、谢谢你懂得钱来之不易从不大手大脚、谢谢你脸上的笑和说出的话为这个家增添能量……谢谢你让我写这些谢谢时感受到了快乐。

95 今日份的好消息是，去年一起看过跨年音乐会的人，邀约今年一起参加跨年诗歌朗诵会。

96 生日快乐，亲爱的自己，继续过简单而可爱的生活。

97 订下明年的目标，一定要多出去看看世界，活出生命的辽阔。新的一年，我准备好啦！为自己如今还葆有迫切过年的心情而开心。

98 看到朱德庸说：幸福是一件很奇妙的事，只要知足就能得到。此话正合我意。不急不躁，不慌不忙，我不要很多，我只要刚刚好。

99 最开心的是从四月份为小恩讲晚安绘本打卡以来，累计打卡天数218天，超越成员比例100%，读绘本至少400本。

100 12月31日，这一年的最后一天，翻看写的密密麻麻的快乐日记，共516条，满满的快乐！很爱这一年呢！岁月多漫长，还好有期待！新年快乐！